Der Widersacher

Buch 2 der Rhyacia-Chroniken

Thea Harrison

Ins Deutsche übertragen von Simone Heller

Der Widersacher, Buch 2 der Rhyacia-Chroniken

Originaltitel: The Adversary © 2021 by Teddy Harrison LLC

Copyright für die deutsche Übersetzung: Der Widersacher, Buch 2 der Rhyacia-Chroniken © 2021 Simone Heller

Lektorat: Nadine Manz

Deutsche Erstausgabe
ISBN 13: 978-1-947046-51-1

Prolog (aus Die Unsichtbaren)

„**D**EIN GEMAHL IST tot", stieß der Betrüger hervor. Seine Nase war blutig geschlagen, und Tröpfchen sprühten ihr übers Gesicht.

Sie zuckte nicht zurück. Stattdessen beugte sie sich dichter zu ihm und starrte ihm in die Augen: „Wenn mein Gemahl tot ist", sagte sie, „dann habe ich nichts zu verlieren, oder?"

Er fing an zu lachen, dann krümmte er sich. Kurz – nur ganz kurz – blitzte geschmolzenes Gold in seinen Augen auf. Telepathisch fauchte Dragos: *Tu, was du tun musst.*

Im nächsten Augenblick war Dragos wieder weg, und die Kreatur, die ihren Blick erwiderte, hatte bernsteinfarbene Augen. Es tat so unglaublich weh, ihn so kurz zu sehen, doch gleichzeitig wogte Triumph in ihr auf. Irgendwo, irgendwie war ihr Partner noch da drin.

Und sie würde tun, was immer sie tun musste, um ihn zurückzubekommen.

„Das wird so richtig mies für dich", erklärte sie dem Betrüger. „Denn der Körper meines Gemahls ist unfassbar stark, und er hält eine Menge Misshandlung aus." Sie erhob sich und vermied es, Liam anzuschauen. Zu den Wächtern, die ihn umstanden, sagte sie: „Verhört ihn. Tut, was immer nötig ist.“

Dann ging sie weg. Sie bewegten sich, um die Lücke hinter ihr zu schließen, und Dragos verschwand aus ihrem Blickfeld.

Kapitel 1

VON IHREM PARTNER wegzugehen, war das Schwierigste, was Pia jemals getan hatte. Er war immer noch da, im Inneren seines Körpers, gefangen von jemandem – *etwas* –, das dort mit ihm drin war.

Ihre Hände bebten, und ihre Sicht trübte sich. Zuschauer standen verstreut in kleinen Grüppchen auf dem Strand, starrten voller Angst und Verblüffung, die ihnen ins Gesicht geschrieben stand. Sie konnte keinen von ihnen ansehen.

Dann passierte hinter ihr etwas. Zweifelsohne hielten sich die Wächter an ihren Befehl, denn Dragos stieß ein gedämpftes Stöhnen aus.

Nein. Das war nicht Dragos. Es war der Hochstapler, der Allesdieb.

Es war nicht Dragos.

Aber, bei den Göttern, es klang nach ihm.

Die Wyr besaßen zwei Wesen, menschlich – oder zumindest menschenähnlich – und tierisch, und das Tier, das in ihr hauste, wurde wild, bedrängte sie mit Klauen und Zähnen, herumzuwirbeln und jene anzugreifen, die es wagten, ihren Partner zu bedrohen und zu verletzen. Es verstand keine Logik oder Strategie, oder dass Dragos derzeit von einer gefährlichen Wesenheit befallen war.

Nach einem kurzen Kampf um die Vorherrschaft ging

es mit ihr durch, und sie rannte von der Szene weg, so schnell sie konnte.

Eva rief ihr nach. „Pia ...“

„Nicht jetzt!“ Für den Fall, dass jemand beschloss, nicht auf sie zu hören, wurde sie noch schneller, bis sie regelrecht über den Sand flog.

Bald hatte sie die Lichter und Geräusche der Leute hinter sich gelassen, und der Mond beleuchtete ihren Weg. Es gab geflügelte Wyr, die schneller waren als Pia, wenn sie sich in die Lüfte schwangen, aber nichts an Land konnte sie einholen, wenn sie mit Herz und Seele dabei war – und das war sie jetzt, während sie versuchte, dem Schrecken dieses gedämpften Stöhnens zu entkommen.

Sie hatte keine Ahnung, wo man ihr Baby hingebracht hatte. Niall war zu seiner eigenen Sicherheit versteckt worden, zusammen mit den anderen Kindern der Siedlung.

Sie hatte keine Ahnung, wie sie ihrem Partner helfen sollte. Sie konnte nur laufen, während ihr Herz sich anfühlte, als würde es in Stücke gerissen. Als sie weit genug von allen weg war, wandte sie sich vom Strand ab und tauchte in den Wald ein. Dort, umgeben von heftiger Einsamkeit, brach sie aus ihrer menschlichen Gestalt heraus und ließ ihr Tier die Kontrolle übernehmen, während es versuchte, vor einer Wirklichkeit davonzulaufen, die sich wie eine tödliche Verletzung anfühlte.

Schließlich half die Erschöpfung, die Instinkte zu unterdrücken, die durch ihren Körper rasten, sodass die vernünftigen Gedanken wieder an die Oberfläche kommen konnten.

Bring dich unter Kontrolle, Närrin, sagte sie sich. Er ist nicht tot. Wo es Leben gibt, gibt es Hoffnung. Du kannst ihn zurückbekommen. Du *wirst* ihn zurückbekommen.

Sie kam stolpernd am Rande einer leeren, vom Mond beleuchteten Lichtung zum Stehen, ihr Kopf hing nach unten, und ihre Flanken hoben und senkten sich.

Das war nicht der Tiefpunkt ihres Lebens. Sie war schon früher verzweifelt und von Hoffnungslosigkeit übermannt gewesen, und das mehr als einmal. Aber das hier rangierte schon auch ganz am Boden, und obwohl sie nicht ganz so verzweifelt war wie zu anderen schwierigen Zeiten, machte das der Schrecken des jetzigen Moments mehr als nur wett.

Mehrere Stimmen erklangen in der Nähe, ihre Fanfarentöne von einer fremden Sprache geformt.

Panik hämmerte auf sie ein. *Niemand hatte sie je zuvor in ihrer Wyr-Gestalt gesehen.* Vor Schreck bäumte sie sich auf und schaute sich wild nach der Bedrohung um. Ihr ganzes Leben lang hatte sie so sehr aufgepasst. Sie hätte schwören können, dass sie auch diesmal vorsichtig gewesen war, aber sie hatte sich wohl übel verschätzt.

Die Lichtung war nicht mehr leer. Ein seltsames Wesen stand etliche Meter entfernt. Es war so hochgewachsen wie Dragos, aber sehr viel schlanker, und es strahlte so sehr, dass Pia blinzeln musste, um es anzusehen. Es war geflügelt – nicht nur mit zwei Flügeln, sondern mit etlichen, die um seine Gestalt herum wirbelten wie weiße, züngelnde Flammen – und seine Augen bohrten sich mit unirdischer Strahlkraft in sie hinein.

Der ganze Schrecken des Tages löste sich von ihr, wurde durch Verwunderung ersetzt. Obwohl sie noch keine dieser Kreaturen jemals mit solcher Klarheit gesehen hatte, erkannte sie sie sofort.

Es war bestimmt eines der Wesen, die die Siedlung heimgesucht hatten, die man die Unsichtbaren genannt hatte. Nicht mehr nur kaum wahrnehmbar oder durchsichtig, war dieses hier ganz anwesend und stand genauso auf der Lichtung wie sie. War es wirklich ein Seraph, eines der mystischen Wesen, die Bel aus den Elfenüberlieferungen beschrieben hatte?

Ihr Flucht-Kampf-Reflex wollte erneut die Kontrolle übernehmen. Niemand bis auf Dragos, Liam und Niall und die Greifen hatten sie jemals in ihrer Wyr-Gestalt gesehen. Es gab andere, die wussten, was für eine Art Wesen sie war, viel zu viele andere, als dass man ein so gefährliches Geheimnis sicher hätte bewahren können, und sie wusste, dass diese Tatsache Dragos manchmal nachts wach hielt.

Aber niemand sonst hatte sie je tatsächlich *gesehen*.

Trotz ihres Impulses, von der Lichtung zu fliehen, wirkte das edle, nicht-menschliche Gesicht des Wesens so … wie könnte man es beschreiben? Nicht sanft. Es schien zu streng, um sanft zu sein. Aber es wirkte irgendwie wohlgesonnen, und Pias Panik konnte sich nicht wirklich festsetzen.

Es sagte etwas, und mehrere Stimmen erklangen klar wie tiefe Glockenschläge, die von einem hohen Berg herabkamen. Die Sprache verstand sie zwar nicht, doch sagten alle Stimmen dasselbe.

Es kam auf sie zu, schlug seine vielen Flügel zurück und streckte leere Hände aus, als würde es etwas anbieten oder sich unterwerfen. Obwohl seine Haltung nicht aggressiv war, machte Pia einen vorsichtigen Schritt zurück. Es sah aus, als wolle es sie …

Streicheln?

Ähmm, da verzichtete sie liebend gern. Sie war kein zahmes Haustier, das sich demütig den Zuwendungen eines Fremden unterwarf. Mit einem Schnauben senkte Pia warnend ihr Horn. Das Wesen näherte sich langsamer, und seine Worte wurden weicher. Wie konnten so viele Stimmen aus einer einzigen Kehle kommen? Sie stampfte auf dem Boden auf und zog sich weiter zurück.

Es trat nicht mehr vor. Dann fielen etliche leuchtende Bögen aus dem Himmel wie Meteoriten, und weitere strahlende Wesen landeten auf der Lichtung. Plötzlich gab es zu viele, als dass Pia sich ihnen hätte stellen können, während sie sich in ihrer Wyr-Gestalt so entblößt fühlte.

Sie wechselte mit Höchstgeschwindigkeit zu ihrer Menschengestalt. Als sie sich aus der Verwandlung wieder festigte, öffnete sie den Mund, um das Wesen zu fragen, ob es womöglich zufälligerweise amerikanisches Englisch verstand, doch als ihr menschlicher Blick sich klärte, stand sie allein auf der leeren, vom Mond beleuchteten Lichtung.

Herumwirbelnd schaute sie in jede Richtung, aber die leuchtenden Wesen waren verschwunden.

Weshalb sollten sie verschwinden, wo sie doch gerade erst hergekommen waren? Mit einem Blick auf den klaren Nachthimmel ging sie vorsichtig dort hinüber, wo das erste Wesen als letztes gestanden hatte. Etwas Unsichtbares streifte an ihrem Arm entlang, und sie stieß beide Hände vor, während sie zurücksprang.

War es noch hier? Wenn ja, weshalb konnte sie es nicht sehen, wie es vorhin der Fall gewesen war?

„Wer seid ihr, und was wollt ihr – und weshalb seid ihr verschwunden?", fragte sie. „Könnt ihr mich hören? Versteht ihr, was ich sage?"

Sie hörte nichts bis auf den Wind, der in den Bäumen flüsterte.

Das Flüstern …

Sie bemühte sich, genauer hinzuhören. Bestand dieses

Flüstern aus weit entfernten, unterschiedlichen Stimmen, die in einer fremden Sprache riefen?

Die vom Mond beleuchtete Lichtung verdüsterte sich. Sie sah auf.

Die Gestalt eines riesigen Drachen blendete das blasse Leuchten des Mondes aus. Erleichterung und Freude rasten durch ihren Körper, als wäre sie eine verglimmende Kerze gewesen, deren Feuer neu entzündet war.

„Dragos!", schrie sie, sprang auf und ab und winkte. „Hier unten!"

Dragos' Augenlicht war so scharf, dass er eine Maus hoch aus der Luft erkennen konnte, doch er musste danach suchen. Sie war sich nicht sicher, wie sich das auf die intensiven Schatten in einem nächtlichen Wald übertragen ließ. Wie konnte sie seine Aufmerksamkeit auf sich ziehen?

Dragos! Sie rief ihn telepathisch.

Stille.

Scharfe Kanten schnitten sich in ihre Gedanken. Weshalb konnte er sie nicht hören und antworten?

War das überhaupt Dragos?

Noch während sie erkannte, dass das nicht Dragos sein konnte – ihre anfängliche Reaktion war nichts als vom Adrenalin befeuerte Hoffnung gewesen, die nicht auf der Realität gründete – neigte sich der Drache zu einem großen Bogen. Als seine riesigen Flügel nach unten tauchten, glitzerte das Mondlicht auf großen, weißen Schwingen.

Enttäuschung hämmerte auf sie ein, noch während eine gewisse Erleichterung aufkam.

Also nicht Dragos, sondern Liam.

Sie rieb sich übers Gesicht und kehrte zurück zu der widerwärtigen Frage, ob diese jüngste Katastrophe wirklich ihr Ende sein würde. Doch diese riesige, tödliche Kreatur war ihr Erstgeborener, und sie konnte nicht anders, als sich zu freuen, dass Liam nicht mehr anwesend war, um zu bezeugen, was immer die Wächter dem Körper seines Vaters antaten.

Während sie mit den widersprüchlichen Gefühlen kämpfte, glitt der weiße Drache tief über den Bäumen dahin, ließ sich präzise in sicherem Abstand auf der Lichtung fallen und verwandelte sich in einen menschlichen Mann, der zu ihr herüberrannte.

Liam hatte Dragos' Drachengestalt und den hochgewachsenen, mächtigen Körperbau geerbt, zusammen mit Pias blonden Haaren, blauen Augen und ebenmäßigeren, anmutigen Zügen. Das Ergebnis war ein verblüffend gut aussehender junger Mann. Seine im Schatten liegenden Züge waren vor Sorge verkniffen. „Mom!“

Sie rannte zu ihm hinüber. Seine Hände senkten sich auf ihre Schultern, und sie warf ihm die Arme um den Hals. „Mir geht es gut.“ Das war eine Lüge, die so empörend war, dass sie feststellte, dass sie sie ganz ruhig aussprechen konnte. „Ist schon gut.“

Er umarmte sie fest. „Ich wusste nicht, was ich davon halten sollte, als Eva sagte, du wärst weggelaufen.“

„Ich hatte keine Kontrolle mehr über meine Wyr-Seite. Ich musste gehen, damit ich nichts Dummes tue.“ Sein sauberer, vertrauter Geruch traf dann auf jeden Mutterinstinkt in ihrem Körper, ließ die Chemikalien ausströmen, die ihr ein gutes Gefühl gaben. Unwillkürlich entspannte sie sich ein wenig und lehnte sich zurück, um ihn sich genau anzusehen. Stress und Sorge hatten sich in seine Züge gegraben und ließen ihn härter wirken, älter. „Wie läuft es denn?“

Er schüttelte den Kopf. „Ich weiß nicht. Sobald wir …

ihn … überwältigt haben, ließen mich Graydon und Rune wegtreten."

Das gab ihr ein etwas besseres Gefühl damit, dass sie so plötzlich gegangen war. „Er ist dein Vater. Das ist genau das, was sie tun sollten. Das hätte ich auch getan, wenn ich mehr Kontrolle über mich gehabt hätte, um dortbleiben zu können."

Sein schön geformter Mund wurde zu diesem sturen Strich zusammengekniffen, den sie nur allzu gut kannte. „Wenn ich irgendwie hoffen soll, eine Domäne erfolgreich zu führen, muss ich in die harten Entscheidungen und schwierigen Szenarien eingebunden werden. Aber Rune hat gesagt, das wäre nicht der richtige Zeitpunkt, um es zu erzwingen."

War das Bedauern oder Erleichterung? Seine Miene war zu komplex, um sie zu entschlüsseln, und mit einem leichten Stich wurde ihr klar, dass die Einfachheit von Liams Kindheit weg war.

Sie zwang sich dazu, sich auf die Gegenwart zu konzentrieren. „Es wird für sie schon schwer genug werden, zu tun, was sie tun müssen, ohne sich Sorgen darum zu machen, wie du damit klarkommst. Auch sie stehen ihm nahe."

Seine Arme, die um sie lagen, drückten sie fester. „Ich weiß. Darum hat es sich auch nicht richtig angefühlt, wegzugehen. Sie hätten jemanden zur Unterstützung hinter sich haben sollen. Aber im Augenblick fühlt sich gar nichts richtig an, darum habe ich getan, worum Rune mich gebeten hat, und bin gegangen." Sein verdüsterter blauer Blick richtete sich auf sie. „Was kann ich für dich tun?"

Sie hob eine Schulter, während sie in ihrem Inneren der Panik nachspürte, die stundenlang wie ein Waldbrand an den

Rändern ihrer Gedanken entlanggefegt war. Ja, sie war noch da.

Aber Weglaufen würde nicht helfen, die Wesenheit hinauszuwerfen, die Dragos in Besitz genommen hatte, und sie hatten keine Garantie, dass – dass … (sag das verdammte Wort, selbst wenn es nur in Gedanken ist) … *Folter* die Wesenheit dazu zwingen würde, irgendwelche Geheimnisse zu offenbaren oder seinen Griff um ihn zu lockern.

„Ich muss zurück", sagte sie. „Vorhin hatte ich mich nicht unter Kontrolle, aber Weglaufen wird Dragos nicht befreien oder irgendwas in Ordnung bringen." Nach einem adrenalinbefeuerten Tag fühlte sich ihr Verstand frustrierend träge an. Sie zwang sich dazu, sich auf eine Sache nach der anderen zu konzentrieren. „Niall geht es gut. Alle Kinder sind an einem sicheren Ort. Ich weiß nicht, wohin sie gebracht wurden, und das macht mir Sorgen. Ich kann mir nicht vorstellen, wo er ist, oder wer auf ihn aufpasst. Aber nichts daran ist vernünftig."

„Finden wir es heraus, wenn wir zurückkehren", sagte er. „Ich würde mich auch besser fühlen, wenn wir wüssten, wo der kleine Stinker ist."

Sie drückte ihm die Hand, während sie sich auf die Lippen biss. „So schwer es auch ist, ich muss Nein sagen. Ich kann nicht zurückstehen und andere Menschen um Dragos' Leben kämpfen lassen. Kannst du das?"

Feuer blitzte in seinem Blick auf. Einen Augenblick lang wirkte er extrem drachenhaft, hart und skrupellos und ganz und gar Raubtier. „Nein."

„Also gut." Sie nickte ihm grimmig zu. „Aber in dieser Entscheidung liegt ein Risiko. Falls das Ding in Dragos es schafft, aus den Fesseln auszubrechen, könnte es uns sehr verletzen, indem es herausbringt, wie man unseren Kindern nachstellt.“

Nun war es an ihm, sie zu mustern. Es fühlte sich merkwürdig an, dass ihr Sohn ihr eine solch offene Abschätzung zukommen ließ. Vor nicht allzu langer Zeit hatte er dazu geneigt, auf seinen Windeln herumzukauen, wenn er sich in seine Drachengestalt verwandelt hatte.

Aber sie hob das Kinn und nahm seine Musterung hin. Sie war gerade eben erst ernsthaft vom Weg abgekommen, und sie war sich nicht ganz sicher, dass sie es wieder ganz zurück geschafft hatte. Vielleicht war es kein so schlechter Gedanke, dass jemand ihre Entscheidungen und ihr Verhalten unter die Lupe nahm.

Er seufzte schwer. „Es gefällt mir nicht, aber ich stimme zu.“

„Also gehen wir zurück. Finden wir heraus, ob die Wächter irgendwelche Fortschritte erzielt haben, und falls nicht …“ Ihre Stimme wurde leiser, als ihr wieder einfiel, was für ein schreckliches Geräusch Dragos von sich gegeben hatte.

Liams Hände fanden wieder ihren Weg auf ihre Schultern. Mit ganz ruhiger Stimme erwiderte er: „Wir müssen annehmen, dass sie das nicht haben. Mom, es ist nicht gerade lange her.“

„Ich weiß. Wir sollten annehmen, dass sie noch nicht weitergekommen sind.“ Ihre Stimme bebte. Gottverdammt, Giovanni, reiß dich zusammen. Brich nicht vor deinem eigenen Sohn zusammen. Fester sagte sie: „Wir müssen ein Team zusammenstellen und zurück in dieses Höllenloch gehen, um zu sehen, was wir herausfinden können.“

Er runzelte die Stirn. „Du meinst das, in das du und Dad hinabgestiegen seid, als die Senklöcher entstanden sind, unter dem Bauplatz für die Konzerthalle?“

„Ja. Dort wurde Dragos – Teufel auch, Liam, das klingt wie etwas aus *Der Exorzist*, aber ich weiß nicht, wie man es sonst nennen soll. Dort wurde er besessen." Sie kniff die Augen zusammen, als sie zurückdachte. „Ich glaube, es könnte an diesem Ort etwas geben, von dem unser Eindringling nicht will, dass jemand es findet. Er hat dafür gesorgt, dass ein Wächter am Loch aufgestellt wurde, um Leute fernzuhalten. Es war das erste, was er tat, als er aus dem Loch kam."

Seine Aufmerksamkeit wurde schärfer. „Was genau hat er gesagt?"

Sie versuchte, die genauen Worte heraufzubeschwören, doch es gelang ihr nicht. „Ich weiß es nicht mehr. Ich war zu sehr damit beschäftigt, unter Schock weiterzutaumeln und herauszufinden, was zu tun war. Aber ich erinnere mich, dass er nicht wollte, dass irgendwer dort hinabgeht. Unser Eindringling ist kein Menschenfreund. Er ließ es klingen, als wäre dieser Ort nicht sicher – was er bestimmt nicht ist –, aber ich glaube nicht, dass es ihm etwas ausmachen würde, wenn jemand in das Loch hinabfällt und dabei zu Tode kommt. Wenn wir ihn schlagen wollen, müssen wir herausfinden, weshalb er die Leute von dort fernhalten wollte, und alles andere über ihn erfahren, was wir können, und das bedeutet, ein Team aus unseren besten Magiean-wendern dort runterzubringen, um sich vor Ort um-zuschauen."

„Okay", sagte Liam. „Wir haben einen Plan. Es wird helfen, etwas Sinnvolles zu tun zu haben."

Er nahm ihre Hand und führte sie zurück auf die Mitte der Lichtung, wo er sich verwandelte. Obwohl die Lage so bedrückend war, hielt sie inne, um ihn sich anzuschauen. Er war genauso riesig wie sein Vater, genauso gefährlich und außergewöhnlich schön. Als er den Kopf senkte, beugte sie sich vor und legte den Kopf liebevoll an den Drachenhals.

„Ich weiß noch, wie du in deiner Drachengestalt in einen Autositz gepasst hast."

Er stieß ein leises Lachen aus. „Ich weiß es auch noch."

Natürlich tat er das. Er erinnerte sich an alles. „Man sehe sich dich jetzt an. Wie gefällt es dir?"

Er spannte die Flügel auf. „Ich fühle mich jetzt besser, da ich größer bin. Ich werde auf ewig dankbar um die tollen Kindheitserinnerungen sein, die du und Dad mir mitgegeben habt, aber in mir war immer etwas, das mehr wollte. Ich glaube, das war mein Drache, der sich ausbreiten musste."

„Vielleicht schon." Sie streichelte ihm das Maul. „Ich freue mich, dass es jetzt besser ist. Mir ist es gleich, wohin du gehst, bei wem du bist, oder was du zu tun entscheidest. Arbeite bei Starbucks, wenn du das willst. Mach eine Rucksackreise durch Europa oder sei für ein paar Jahrzehnte lang ein Barkeeper. Ich will einfach nur, dass du glücklich bist."

„Ich weiß", sagte er mit sanfter Stimme.

Wild entschlossen klammerte sie sich daran, dass dieser Augenblick einfach gut war, nahm sich das Ganze als Treibstoff, um sich den vor ihr liegenden Herausforderungen zu stellen. Dann stieg sie auf seinen Rücken, um sich an der Stelle niederzulassen, wo der Nackenansatz in die Schultern überging, und er stieß sich in die Luft hinauf.

Während sie der Küste folgten, glitzerten das dunkle Wasser und die weißschäumenden Wogen im Mondlicht. Die Hitze des Tages hatte nachgelassen, und die lauwarme Luft fühlte sich erfrischend an.

Innerlich war ein Teil von ihr bereits zurück in das Loch gekrochen, wo sie ihren Mann verloren hatte. Ein Teil von ihr war niemals wirklich herausgekommen, erlebte ständig diesen lähmenden Augenblick wieder, in dem er sich einem unsichtbaren Feind ergeben hatte.

Das war nicht, was Dragos sonst hat. Er vernichtete Feinde. Er ergab sich nicht.

Er war einer der ältesten und versiertesten Magieanwender, die sie kannte, und etwas hatte ihn umgeworfen wie einen Baum. Ein Schauer lief durch sie hindurch.

Vielleicht hatten sie nicht genug Magieanwender, um mit dem fertig zu werden, was in diesem Loch lauerte. Vielleicht hatten sie niemanden, der stark genug war.

Oder vielleicht hatten sie niemanden mit der richtigen Art von Magie.

In einer kürzlichen Unterhaltung mit Bel, Graydon, Niniane und Tiago hatten sie über die Unsichtbaren gesprochen, die in der neuen Siedlung Chaos angerichtet hatten, und die möglichen Gründe, weshalb Pia sie entweder aus dem Augenwinkel wahrnehmen oder zumindest spüren konnte, obwohl Dragos und viele andere es nicht konnten.

Genauso wie jeder Wyr unterschiedliche Eigenschaften und Merkmale hatte, die zu ihren individuellen Persönlichkeiten und Tiergestalten passten, hatten Menschen und andere alten Völker eigene Stärken und Schwächen, und sie besaßen unterschiedliche Arten von Magie.

Und sie befand sich in einem Kampf, um ihren Partner zurückzubekommen. Das war zu wichtig, als dass sie eine so grundlegende Tatsache hätte ignorieren können.

Sie ging im Geiste eine Liste ihrer Ressourcen durch. Sie hatten Grace, das Orakel, und Graces Partner Khalil war ein mächtiger, erfahrener Dschinn zweiter Generation. Vielleicht konnte er entscheidende Dinge über diese

Wesenheit spüren, die keinen Körper hatte.

Sie hatten auch Bels Elfenmagie, und Carling war in ihren menschlichen Wurzeln eine sehr alte Hexe, genauso wie eine ältere Vampyrin. Wenn Pia sich richtig erinnerte, stammte das Erbe ihrer Magie aus dem alten Ägypten. Außerdem hatten sie die Wyr-Wächter, die alle hervorragende Kämpfer und versierte Magieanwender waren.

In den verschiedenen Lagern der Siedlung gab es andere Magieanwender, bei den Vertretern der alten Völker von anderen Domänen, aber sie hatten alle eigene Pläne und Motive. Diese Liste bestand aus Freunden, und sie waren die einzigen, denen sie vertraute.

Ihr fiel noch jemand ein. Telepathisch fragte sie Liam: *Erinnerst du dich an den Hexer, dem Dragos Asyl gewährt hat – den Werwolf, der sich mit dieser Musikerin und einem Rudel anderer Werwölfe in New York niedergelassen hat?*

Morgan le Fae, erwiderte Liam sofort. *Wie könnte ich den vergessen? Er ist einer der berühmtesten Zauberer der Geschichte. So jemanden merkt man sich, wenn er in die Nachbarschaft zieht. Haben sie nicht beschlossen, in New York zu bleiben, anstatt mit euch hierher nach Rhyacia umzuziehen?*

Das stimmt. Sie klopfte ihm auf die Schuppen.

Dann werden sie mir Treue schwören müssen, wenn ich die Wyr-Domäne übernehme. Seine innere Stimme klang sowohl ausdruckslos als auch zufrieden zugleich.

Überraschung rüttelte sie auf. *Ist es das, wofür du dich entschieden hast?*

Ich beanspruche sie noch nicht. Ich werde meine Zeit im College abschließen, wie wir es vereinbart haben, aber dann habe ich es vor. Diese Stelle wurde für mich geschaffen. Er hielt inne. *Bist du überrascht?*

Nicht wirklich. Ich bin überrascht, dass du es so früh zugibst. Sie holte tief Luft. *Wenn wir zurückkommen, will ich, dass du Morgan so schnell wie möglich herholst. Er hat eine andere Art magische Expertise als jeder sonst. Ich weiß nicht, ob wir seine Hilfe brauchen, aber ich will jegliche Ressourcen, die wir zur Verfügung haben, falls es so ist.*

Ich werde ihn holen, so schnell ich kann, versprach er. *Falls Khalil zustimmt, uns mit einem Dschinn-Transport zu helfen, sollten wir sehr schnell sein.*

Gut, sagte sie geistesabwesend, weil sie sich bereits zu anderen Überlegungen weiterbewegt hatte.

Liams Aufgabe würde zwei Fliegen mit einer Klappe schlagen. Nicht nur würde er Morgan nach Rhyacia holen, dabei wäre Liam auch für einen kurzen, kritischen Zeitpunkt aus dem Weg.

Denn Pia hatte das Gefühl, dass ihm nicht gefallen würde, was sie als nächstes tun würde, und er würde alles versuchen, was in seiner Macht stand, um sie davon abzuhalten.

Nun, offen gesagt würde es niemandem gefallen, und alle würden versuchen, sie aufzuhalten. Liam war jedoch der Einzige, dem es vielleicht gelingen könnte. Die anderen würden protestieren und äußerst unglücklich sein, aber sie wusste, dass sie bei allem mitmachen würden, was sie verlangte.

Sie würde Dragos wiedersehen. Sie musste selbst sehen, welche Schäden sie seinem Körper zugefügt hatten, besonders, da sie diejenige gewesen war, die den Befehl dazu gegeben hatte, selbst wenn es bedeutete, dass sie sich dem fremdartigen Bastard stellen musste, der sie aus Dragos' gestohlenen Augen anschaute.

Es würde mit das Frustrierendste sein, was sie jemals im

Leben getan hatte. Lieber hätte sie noch einmal ein Kind zur Welt gebracht. Lieber würde sie sich anschießen lassen – und da man schon einmal auf sie geschossen hatte, wusste sie, wovon sie da redete.

Denn was immer sie Dragos' Körper angetan hatten, sie hoffte, dass es richtig schlimm wehgetan hatte.

Kapitel 2

ALS DRAGOS ERWACHTE, lag er auf einer kleinen Waldlichtung.

Um ihn herum war es äußerst still, nur vom fernen Rascheln des Windes durchbrochen, der in den Baumwipfeln spielte, zusammen mit gelegentlich zwitscherndem Vogelgesang. Das Sonnenlicht, das durch die Baumäste fiel, ließ das weiche, grüne Gras fleckig wirken, und die Luft fühlte sich drückend heiß an wie an einem Sommernachmittag.

Es fühlte sich gut an, sich gemütlich auszustrecken, die Füße an den Knöcheln gekreuzt, die Hände hinter dem Kopf verschränkt, während er die Flecken mit wolkenlosem Himmel über sich betrachtete. Er könnte den ganzen Tag lang hier liegen, ohne Plan, und ohne etwas zu tun zu haben. Er war nicht hungrig und spürte keinen Bedarf, auf die Jagd zu gehen. Es gab keine Feinde, die er bekämpfen musste, niemanden, den er sehen oder sprechen wollte …

(Doch das fühlte sich grundlegend falsch an. Seine Knochen waren alt. Sie hatten sich verfestigt, als die Erde geformt worden war, und sie wussten es besser. Etwas tief in ihm regte sich und begann sich gegen den überwältigenden Drang zum Schlafen zu wehren. Es gab jemanden, den er unbedingt sehen musste. Er konnte sich ihr schönes Gesicht beinahe vorstellen …)

Aber tatsächlich gab es nichts Dringenderes für ihn zu tun, als zu schlafen. Die Waldlichtung, der Wind und die Vögel und der hübsche Himmel würden alle noch da sein, um sie zu genießen, wenn er erwachte. Er hatte alle Zeit der Welt.

(Aber der Himmel, der Himmel, der Himmel war so viel mehr als eine schöne Szene für das Auge. Wie dieser Jemand, an den er sich nicht ganz erinnern konnte, den er aber sehen musste, war der Himmel irgendwie grundlegend für seine Existenz.

Der Himmel bedeutete Freiheit und Stürme, heftigen Sonnenschein, der seine Flügel wärmte. Die ganze grenzenlose Weite des Himmels war seine wahre Domäne.

Flügel, sagte er sich. Vergiss nicht, dass du Flügel hast. Dein Leben ist so viel mehr als dieser winzige, kleine Ort. Ganz gleich, wie kleinere Wesen dich vielleicht nennen, du bist der Herrscher des Himmels. Es gibt jemanden, den du sehen musst.

Er warf die Schläfrigkeit ab, die seine menschlichen Glieder beschwerte, richtete sich auf und …)

Er wachte auf.

Und lag auf einer kleinen Waldlichtung.

Um ihn herum war es äußerst still, nur vom fernen Rascheln des Windes durchbrochen, der in den Baumwipfeln spielte, zusammen mit gelegentlich zwitscherndem Vogelgesang. Das Sonnenlicht, das durch die Baumäste fiel, ließ das weiche, grüne Gras fleckig wirken, und die Luft fühlte sich drückend heiß an wie …

(Diese Dinge hast du doch schon einmal gedacht. Warte und beobachtete, und du wirst erkennen, was als nächstes kommt.)

… wie an einem Sommernachmittag.

Es fühlte sich gut an, sich gemütlich auszustrecken, die Füße an den Knöcheln gekreuzt, die Hände hinter dem Kopf verschränkt, während er die Flecken mit wolkenlosem Himmel über sich betrachtete. Er könnte den ganzen Tag lang hier liegen, ohne Plan, und ohne etwas zu tun zu haben. Er war nicht hungrig und spürte keinen Bedarf, auf die Jagd zu gehen. Es gab keine Feinde, die er bekämpfen musste, niemanden, den er sehen oder sprechen wollte …

(Das ist deine Lüge. Jemand fehlt. Du kannst sie nicht spüren, diese leichte, weibliche Präsenz, die für dein Leben so grundlegend ist, und du hättest sie spüren sollen. Ihr habt einander etwas versprochen. Es ist so viel mehr als Liebe, die ihr teilt, obwohl ihr auch Liebe teilt.

Das war eine Wahrheit, die tiefer verankert war als irgendetwas an diesem Ort.)

Er erwachte.

(Und alles, was ihm durch den Kopf ging, war eine Lüge.

Er konnte Pia nicht spüren. Das war die Wahrheit, über die hinaus nichts anderes eine Rolle spielte …)

Als er das nächste Mal erwachte, erinnerte er sich an alles und erkannte, dass er in einem Zauber gefangen war.

Spann dich nicht an, sagte er sich. Das war es, was den Befehl zum Schlafen auslöste.

Er entspannte sich und ließ die Erzählung durch seine Gedanken laufen, während er die Einzelheiten von allem um sich herum aufnahm. Einzelne Grasblätter drückten sich in seine Haut. Er konnte die bunten Flügel eines Vogels von Baum zu Baum huschen sehen, die schläfrige Hitze des sommerartigen Tages spüren.

Aber sein Wesen war so alt und weit, dass es nicht ganz in die kleine, unzureichende Erzählung passte, mit der ihn die Magie eines anderen fütterte, und aus irgendeinem Grund konnte er nicht auf seine Wyr-Gestalt zugreifen.

Der Zauber war sehr gut gemacht. Tatsächlich, wenn er ein Mensch gewesen wäre, hätte er vielleicht vollständiger gewirkt. Er konnte sich vorstellen, dass es möglich sein könnte, ewig dahinzutreiben, zufrieden damit, den Rest seines Lebens zu verschlafen. Der Schlafbefehl würde den Gefangenen gefügig halten.

Sein Gehirn war jedoch zu aufnahmefähig, um auf diese Art lange gehalten zu werden. Und wer immer den Zauber gewirkt hatte, hatte das Doppelwesen der Wyr oder die außergewöhnliche Tiefe der Paarbindung nicht mit einberechnet. Man konnte zwar die bewusste Wahrnehmung dieses Bandes wegnehmen, doch ein Wyr würde trotzdem *wissen*, in einem entscheidenden Teil seines Inneren, dass etwas zutiefst, hoffnungslos falsch war.

Er streckte sich, rollte sich herum und stand auf. Er hielt seine Bewegungen langsam und gleichmütig, die Oberfläche seiner Gedanken leichtfertig und entspannt, ließ die Erzählung des Zaubers dahinfließen.

(…tatsächlich gab es nichts Dringenderes für ihn zu tun, als zu schlafen. Die Waldlichtung, der Wind und die Vögel und der hübsche Himmel würden alle noch da sein, um sie zu genießen, wenn er erwachte. Er hatte alle Zeit der Welt …

Schlaf. Schlaf. Das Einzige, was er tun musste, war schlafen.)

Ich kann gleich schlafen, ließ er sich denken, fütterte die Erzählung. Nachdem ich etwas zu trinken hatte.

(Er brauchte nichts. Er war nicht hungrig. Er war nicht durstig. Er war allein. Er konnte sich entspannen, in einem tiefen, erfrischenden Schlaf. Schlaf. Schlaf.)

Gleich.

(Schlaf.)

Mit stetigen, sanften Bewegungen führte er den Zauber weiter in die Irre, nicht, indem er ihn direkt bekämpfte, sondern indem er seinen Befehl abprallen ließ. Wenn er kämpfte, würde er sich nur wieder selbst ausschalten. Aber solange er seine oberflächlichen Gedanken darauf konzentriert hielt, „bald" oder „gleich" zu schlafen, löste er den Befehl nicht aus.

Im tiefsten Teil seines Bewusstseins, während er alles um sich herum gemustert hatte, hatte der Drache auch ein Inventar der Szenerie angefertigt. Ihm wurde klar, dass der Wald weder wie das Anderland Rhyacia aussah, wo er, Pia und zwanzigtausend andere zum Siedeln hergekommen waren, noch sah er aus wie die Erde.

Es war zu künstlich.

Er existierte nicht.

Der Zauber war nicht nur eine Erzählung, um ihn im Schlaf gefangen zu halten. Er enthielt alles um ihn herum.

Er wirbelte herum, schnappte sich einen spitzen Stock und stach sich in die Hand. Der Stock ging schmerzlos durch seine Handfläche hindurch. Ihm kam eine kurze, blitzartige Erkenntnis.

Es war nicht nur die Szene selbst, die eine Illusion war. Oder dass der Zauber unzureichend war, um das Bewusstsein eines alten Wyr zu halten.

Sein Körper gehörte ebenfalls zu der Illusion.

Die Dunkelheit schlug zu wie eine Klapperschlange.

Er wurde wütend wach und warf die volle Kraft seiner Wut auf den Zauber, und die Einzelheiten seines Käfigs verdüsterten sich.

Und da war sie, seine wunderschöne Partnerin, und

starrte ihm direkt ins Gesicht. Sie wirkte völlig anders wie ihr übliches freundliches, nettes Ich. Ihr Gesicht war skrupellos, ihre edelsteinartigen Augen glitzerten vor Hass.

Teufel auch, sie sah heiß aus.

„Wenn mein Gemahl tot ist", sagte sie, „dann habe ich nichts zu verlieren, oder?"

Dragos hörte, wie er zu lachen anfing. Schock und die Erkenntnis schlugen wieder zu. *DAS BIN NICHT ICH.* Empörung wallte auf, und er kämpfte um die Kontrolle – dann spürte er, wie es sich zusammenzog.

Alles wurde kristallklar. Es war Nacht, erhellt vom kühlen Licht des Mondes und dem wilden Glanz der Lagerfeuer in der Nähe. Er war ganz und gar in seinem Körper, und er lag auf zertrampeltem Sand am Strand. Hinter Pias Schulter standen alle seine ehemaligen Wächter in einem Ring, beobachteten ihn kalt und mit misstrauischen Mienen.

Er versuchte, sich zu bewegen, und stellte fest, dass er in Ketten geschlagen war. Er griff nach seiner Macht, doch er konnte nicht drauf zugreifen. Griff nach seiner Drachengestalt, doch er konnte sich nicht verwandeln.

Blitzschnell fiel ihm beinahe alles ein. Sie hatten Monate damit verbracht, ihren Umzug von der Erde in das Anderland Rhyacia zu planen, das eine große Landmasse von etwas enthielt, dass Dragos für unbesiedeltes Gebiet gehalten hatte.

Aber etwas hatte einst hier gelebt. Ein riesiges Netzwerk aus Ruinen lag unter der neuen Siedlung, die sich an die Küste des riesigen Sees schmiegte. Er und Pia hatten die Ruinen inspiziert, einen Sarg gefunden, und dann war *etwas* in seinen Körper geströmt wie schwarze Tinte in einen Brunnen, und er hatte sich in eine Verwandlung gestürzt, um es auszutreiben.

Er war in einer Blase der Täuschung gefangen gewesen, während dieses Ding seinen Körper übernommen hatte, und es war brennend klar, dass ein unbekannter Zeitabschnitt vergangen war. Pia war geschminkt und hatte etwas anderes an. Sie hatte sich die Haare gemacht. Die Wächter hatten die Zeit gehabt, von der Erde herzukommen und in Rhyacia einzutreffen.

Wie viel Zeit war vergangen? Stunden? *Tage?*

Er erhaschte einen Blick auf eine andere Persönlichkeit, die neben ihm existierte wie eine Schattenschlange.

Und, allen Göttern sei es gedankt, Pia wusste es.

Dragos hatte gerade genug Zeit gehabt, um telepathisch zu knurren: *Tu, was du tun musst.*

Bewusstlosigkeit brüllte ihn mit der Gewalt eines Dampfzuges an, und einmal mehr umfasste ihn Dunkelheit.

Als Dragos zum nächsten Mal erwachte, stellte er fest, dass er an einem Waldsee saß und in das ruhige, glasklare Wasser sah. Sein Spiegelbild schaute zurück. Leidenschaftslos musterte er die brutalen Züge, das wilde schwarze, seidige Haar, den rücksichtslosen Mund.

Einige Menschen würden sein Gewissen als unzureichend bezeichnen. Einige dachten, er sei ein Scheusal.

Hier ist dein Widersacher. Es ist der Mann, den du bekämpfen musst. Er hat alles gestohlen, was du in deinem Leben als wertvoll erachtet hast.

Töte ihn jetzt.

Er griff vor, berührte die Oberfläche des Wassers und sah das Gesicht des Mannes in den Kreisen verschwinden, die nach außen zum Rand des Sees trieben. Während er die Hand hob und sie zur Faust ballte, wartete er, bis die Wellen nachließen. Dann schaute er abermals in seinen harten, glitzernden Blick.

Das Spiel hatte sich gewandelt, das erkannte er sofort. Es war ein Spiegelzauber. Er sollte sich selbst bekämpfen, bis er Selbstmord beging.

Aber nun erinnerte sich Dragos an alles. Er wusste, wer er war – Wyr und Drache, die große Bestie, der Herrscher von Domänen, und Pias einziger Partner, auf ewig. Etwas Fremdes hatte seinen Körper besetzt und wollte, dass sein ungemütliches Bewusstsein für immer verschwand.

Er dachte an den zeitlichen Verzug. Hatte das Ding Pia berührt? Es gewagt, sie zu lieben? Falls er gedacht hatte, er wäre vorher schon wütend gewesen, war das nichts im Vergleich zu dem Tsunami sich auftürmender Wut, der da über ihn hinwegging.

„Ich hab jetzt deine Telefonnummer, du Hurensohn", flüsterte er tief in der Zurückgezogenheit seines wilden Drachengehirns. „Und ich werde jeden noch so kleinen Teil von dir zerquetschen."

Das war eine Tatsache. Nun war es nur noch eine Frage der Zeit.

Er fütterte den Zauber mit dem, was er wollte. Bald würde er dem Mann mit dem harten Blick nachstellen, der in dem Spiegelbild im Wasser zu ihm zurückstarrte. Er musste nur erst einen Angriffsplan fassen.

Niemals den Zauber direkt bekämpfen, immer abprallen lassen, und dabei wandte er seine echte Aufmerksamkeit dem Problem zu, wie er den Zauber selbst lösen konnte.

Eine Besessenheit war ein heikler Status, wenn man sie aufrechterhalten wollte. Dragos selbst hatte schon kurz von anderen Wesen Besitz ergriffen. Es war leichter, einfacheren Wesen den eigenen Willen aufzuzwingen, etwa gewöhnlichen Tieren, im Gegenzug zu jenen mit einem weiterentwickelten, anspruchsvolleren Verstand und einer tief verankerten Persönlichkeit.

Aber wenn man einfachere Wesen in Besitz nahm, bedeutete das auch, dass man ihre Grenzen übernahm. Und je älter und komplexer das Wesen war, desto schwieriger wurde die Inbesitznahme, bis es war, als würde man versuchen, einen ungestümen Hengst zu reiten. Man wusste, früher oder später würde man abgeworfen werden.

Ohne Standesdünkel war ihm klar, dass er wohl eines der schwierigsten Reittiere sein musste, die man jemals ausprobieren konnte. Selbst sein Körper arbeitete daran, den Eindringling mit Krämpfen auszustoßen, bekämpfte ihn wie ein Virus.

Unten in den Ruinen hatte der Eindringling nichts davon gewusst. Er hatte nicht gewusst, wer Dragos war, oder wie seine Fähigkeiten aussahen. Er hatte sich nur auf das gestürzt, was wohl nach tausenden von Jahren der erste mögliche Kandidat gewesen war.

Während Dragos den Zauber mit oberflächlichen Gedanken zufriedenstellte, musterte er seinen Aufbau. Wie der erste Schlafzauber war er elegant geformt. Er war größer und stärker als der erste, aber er war trotzdem noch nicht weitreichend genug, um Dragos einzuschließen.

Und die Einzelheiten der Illusion fühlten sich dünner an, weniger glaubwürdig. Das Wasser wogte, aber es fühlte sich nicht nass an. Über ihm gab es keinen Wind in den Waldbäumen, keine Vögel. Dieser Zauber war hastig zusammengestellt worden.

Entweder verstand sein Gegenspieler immer noch nicht, mit wem oder was er es zu tun hatte, was eine Möglichkeit war, oder er war abgelenkt durch das, was in der körperlichen Welt geschah – und dem war sicher so.

Indem er tief in den Teil seiner selbst hineingriff, den der Zauber noch nicht in Beschlag genommen hatte, fing er an, seinen eigenen Spruch zu flüstern.

Rauch aus dem Atem des Drachen trieb über den Waldboden, suchte nach den winzigen, kaum wahrnehmbaren Rissen im Zauber des Widersachers. Er konnte fast schon sehen, wie die Blase der Täuschung sich ausdehnte in dem Bemühen, den Rauch zu umschließen.

Doch Dragos' Wissen umspannte die ganze Geschichte der Erde selbst. Seine Magie konnte sowohl zart als auch allumfassend sein. Unvermeidlich schlüpfte ein wenig von dem Rauch durch. Wie ein Computervirus begann er den Griff zu zersetzen, den sein Gegenspieler um seinen Körper gelegt hatte.

Die Illusion des Waldes wurde dünner. Er spürte, wie Schmerz durch etliche Teile seines Körpers pochte. Als er Luft holte, spürte er, wie sich seine echten Lungen weiteten. Und er konnte spüren, wie der Eindringling sich wild gegen seinen Angriff wehrte.

Dann drang ein femininer Duft auf ihn ein. Die Paarbindung wurde wieder festgezurrt. *Da war sie wieder.*

Sie flüsterte ihm ins Ohr: „Raus mit dir, jetzt."

Das brachte ihn brüllend zu vollem Bewusstsein.

Er schüttelte den Kopf, um ihn zu klären, öffnete die Augen, die sich angeschwollen und verkrustet anfühlten, und knurrte: „Ich bin da."

Die Einzelheiten seiner neuen Umgebung wurden deutlich. Er saß auf einem robusten Stuhl und war mit Ketten gefesselt. *Hmm, diese Ketten schon wieder.*

Sie schienen verstörend vertraut. Indem er jeden Muskel seines Körpers spannte, stemmte er sich gegen ihre Enge, doch sie gaben nicht nach. Wären das normale Handschellen gewesen, hätte es ihm gelingen müssen, sich zu befreien.

Oh, sie waren auf jeden Fall vertraut.

Unter ihm war zertrampelter Sand, und ein großes Segeltuchzelt war um ihn herum errichtet worden. In der Nähe brannte ein Feuer in einer Schale. Er roch seinen eigenen Schweiß und sein eigenes Blut.

Nicht weit entfernt standen angespannt Rune und Graydon, ihre Mienen zu kalten, professionellen Masken verhärtet, eindeutig bereit, einzuschreiten, falls es nötig wurde. Er stieß das Kinn in ihre Richtung, und Rune warf ihm zur Bestätigung ein leichtes, misstrauisches Nicken zu. Danach konzentrierte Dragos sich auf Pia.

Sie wirkte ausgemergelt. Zarte, beinahe unsichtbare Falten rahmten ihren umwerfenden Mund. Wie viel Zeit war vergangen, seit er sich zum letzten Mal an die Oberfläche gekämpft hatte?

Er zischte: „Hat er dich angefasst?“

Sie schreckte leicht zurück. Es war nur eine winzige Bewegung in ihren Augenwinkeln, aber sie machte ihn so psychotisch, dass ihm beinahe ihre ruhige Antwort entging. „Es war nichts, womit ich nicht fertig werde.“

„*Was hat er dir angetan?*“ Sein tiefes Knurren ließ das Zelt erbeben. Aus dem Augenwinkel sah er, wie Rune und Graydon sich anspannten. Zu ihnen sagte er. „Hinaus.“

Sie zögerten und schauten zu Pia, die nickte. „Es ist in Ordnung. Wir wissen, dass er nicht aus diesen Fesseln entkommt. Gebt uns etwas Privatsphäre, bitte.“

Rune nickte. „Wir sind gleich draußen. Ruf uns, falls du uns brauchst.“

Dragos wartete, bis die anderen Männer hinaustraten. Tief im Inneren spürte er, dass die andere Wesenheit um die Vorherrschaft kämpfte, aber er wollte verdammt sein, wenn er seine Herrschaft über sich selbst aufgab, während seine Partnerin hier und verletzlich war. Sie hatten einander so viel zu sagen.

Obwohl er wusste, dass er sich auf die vielen wichtigen Dinge konzentrieren sollte, die sie besprechen mussten, nagte nur eines an ihm. Er fauchte: „Was hat er getan?"

Sie begegnete dem vollen Ansturm seines Zorns mit stählerner Ruhe. „Es war nicht viel – ein bisschen Zunge bei einem oder zwei Küssen, ein wenig Titten und Arsch angrapschen. Er hat genau das getan, was ich ihm gestattet habe. Ich habe ihn mit Honig gelockt, und er ist mir in die Falle gegangen. Denn ich wusste es sofort, Dragos. Sobald er die Augen geöffnet hat, wusste ich, dass es nicht du warst." Ihr Blick glitt über seinen Körper hinab, und ihre Miene verdüsterte sich. „Oh, Baby, du hast schon mal besser ausgesehen."

„Es ist nichts", erwiderte er ungeduldig. Als sie wirkte, als wolle sie dieser Aussage widersprechen, sagte er: „Pia, was sie tun, funktioniert. Lass sie jetzt nicht aufhören. Sein Griff hat sich geschwächt. Ich greife ihn von innen an, und du musst den Druck hier draußen aufrechterhalten. Er kann nicht uns beide bekämpfen und gewinnen. Ich werde ihn zum Sturz bringen. Es ist nur eine Frage der Zeit."

Der erste Riss erschien in ihrer Fassung, und ihre Lippen bebten. Während sie sie aufeinanderpresste und nickte, ließ er seine Stimme weicher werden und murmelte: „Komm her."

Sie gehorchte ihm, indem sie sich auf seinen Schoß setzte und ihm die Arme um den Hals legte. Hungernd nach jeder sinnlichen Einzelheit knabberte er an ihrem Hals und atmete ihren Geruch tief ein, während sie mit den Fingern durch seine kurzen Haare strich.

„Du hast mich zu Tode erschreckt", sagte sie zwischen zusammengebissenen Zähnen. „In einem Augenblick sind wir dahinmarschiert und hatten einen grusligen, doch irgendwie netten Moment, und im nächsten Augenblick hast du dich verkrampft und bist umgefallen. Ich konnte dich nicht spüren. Unser Band war verschwunden. *Ich dachte, du wärst tot.*"

„Es tut mir so leid, dass du das durchmachen musstest", murmelte er. Was, wenn er derjenige gewesen wäre, der sie hätte zusammenbrechen sehen? Der gespürt hätte, wie ihre Anwesenheit schwand, zusammen mit der Paarbindung? Eisiges Entsetzen trieb unter seiner Haut dahin, sodass seine Muskeln bebten. Er war niemals gut mit Mitgefühl gewesen, aber sie brachte ihm ständig mehr bei.

Die zarte Haut ihres Halses war genau, was er brauchte. Er drückte die Lippen auf den leichten Puls, der in einem raschen Rhythmus schlug, und ihre Arme spannten sich an.

Dann lehnte sie sich zurück, um ihn zu mustern. „Du siehst richtig Scheiße aus."

Das tat er mit einem Schulterzucken ab. Blaue Flecken waren blaue Flecken. Schmerz war Schmerz. Das Entscheidende war, dass er einem Zweck diente. „Du siehst aus wie das Schönste, was ich je gesehen habe. Ich muss dich vernaschen."

Ein zögerliches Lächeln krümmte ihre Mundwinkel. „Flirtest du hier mit mir? Jetzt?"

„Hier und immer, Geliebte. Das ist ein Versprechen." Der Teil von ihm, der boshaft veranlagt war, wollte sie drängen, ihr Oberteil abzunehmen, aber falls er die Kontrolle verlor, wollte er nicht, dass der Gegenspieler sie unbekleidet sah.

Er neigte den Kopf, beugte sich vor, um sie zu küssen,

aber indem sie ihm eine Hand auf die Brust legte, schob sie ihn zurück. Stirnrunzelnd musterte sie sein Gesicht, seine Augen. „Kann der Eindringling sehen oder spüren, was wir im Augenblick sagen oder tun?"

Er schüttelte den Kopf. „Ich bin davon überzeugt, dass er das nicht kann. Wir spüren einander manchmal als schattenhafte Wesenheiten, aber selbst dann können wir einander nicht wirklich sehen. Wenn er die Herrschaft über meinen Körper erlangt, bin ich völlig von jeglicher körperlichen Empfindung ausgeschlossen. Er hat mich in einem Traum festgesetzt. Das war es, worin ich aufgewacht bin. Ich habe eine Weile gebraucht, um mich durch diesen Zauber zu arbeiten und herauszufinden, dass nicht nur meine Umgebung eine Illusion war, sondern auch mein Körper nicht echt. Ansonsten wäre ich schon früher an die Oberfläche gekommen."

„Jetzt bist du da. Nur das spielt eine Rolle." Sie schloss die Augen und lehnte die Stirn gegen seine. „Wir hatten gehofft, der Annullierungszauber in den Fesseln würde ihn entfernen."

Zorn machte seine Stimme rau. „Aryal hätte sie vernichten sollen. Ich werde sie erwürgen."

„Du wirst dich hinten anstellen müssen. Sie hat unser aller Nerven strapaziert." Sie sprach abwesend, während ihre Finger sich in sein Hemd vergruben. „Bist du sicher, dass er uns nicht spüren kann?"

Dragos prüfte sich sorgsam. „Ich weiß nicht, wie lange das hält, aber im Augenblick, ja. Was ist denn?"

Sie wühlte in ihrer Jeans, zog ein kleines Taschenmesser heraus, öffnete es und drückte sich die Spitze an die Daumenwurzel, bis sie in die Haut eindrang. Ein wenig helles Blut trat aus der winzigen Verletzung, und sie legte den Daumen an eine Verbrennung auf seinem Unterarm.

Beide beobachteten sie, wie das Brandmal heilte. Leuchtende, zarte Energie glitt über seinen Körper, und jede seiner Verletzungen wurde geheilt. Sie deutete auf seinen Arm. „Warum funktioniert meine Macht trotz des Annullierungszaubers in den Handfesseln, aber deine Magie nicht? Du kannst dich auch nicht verwandeln. Und warum haben diese Handschellen dieses intrigante Arschloch nicht aus deinem Körper geworfen? Wie macht ihr beiden das, was immer ihr einander da antut?"

„Deine Macht ist ein Merkmal von dir, kein aktiver Zauber. Es gibt sie einfach, und mein Körper reagiert darauf durch Heilung", sagte er nachdenklich. „Gestaltwandel ist eine Fähigkeit, aber es ist eher wie ein aktiver Zauber. Er verändert magisch die Gestalt der Wirklichkeit."

„Ich verstehe den Unterschied nicht. Dass diese Wunden verschwinden, ist eine magische Veränderung der Wirklichkeit."

Sie klappte das Messer zu und ließ es zurück in ihre Tasche gleiten.

„Eins davon ist magisch passiv. Das andere ist magisch aktiv. Das ist der einzige Unterschied, den ich sehe." Er schüttelte den Kopf. „Oder vielleicht bist du einzigartig, und bei niemand anderem würden die Merkmale funktionieren. Aber du bist gewiss auf andere Arten einzigartig. Was meinen Kampf mit meinem Widersacher angeht, ist es eine Schlacht, die im Inneren ausgetragen wird. Sie verändert nicht magisch die Wirklichkeit. Bis wir mehr haben, auf das wir bauen können, ist das die Theorie, mit der ich arbeiten werde. Wenn wir aus all dem herauskommen, möchte ich diese Fesseln sehr viel genauer erforschen."

Er würde gewiss nicht dumm genug sein, sie abermals

Aryal zu geben. Er ließ sich nur einmal hereinlegen, verdammt nochmal.

Sie zuckte mit den Schultern, von diesem Thema eindeutig genervt, und legte die Hände an seine Wangen. Während sie sein Gesicht festhielt, schaute sie ihm tief in die Augen. „Du hast gesagt, es wäre nur eine Frage der Zeit. Wie lange noch, bis du ihn rauswirfst?"

Kapitel 3

ETWAS BERECHNENDES BLITZTE in Dragos' goldenen Augen auf. Pia hielt seine Wangen und beobachtete die winzigen Veränderungen in seiner harten Miene.

Gott, wie sie sein Gesicht liebte. Er war sowohl gut aussehend als auch gleichzeitig furchterregend. In der puren Skrupellosigkeit, die seine harten Züge einnehmen konnte, lag eine Reinheit, die sie faszinierte. Er war nicht im Geringsten von vielen Dingen belastet, die moderne Männer verzehrten – Selbstzweifel, Frauenhass, Unsicherheit, Angst vor ihrer eigenen Verletzlichkeit, dem Bedürfnis, ihre Seelen nach ihrer Moral zu erforschen oder ihre Existenz infrage zu stellen.

Trotz aller nervigen Eigenschaften von Dragos (und so sehr sie ihn bewunderte, sie musste zugeben, dass er, man könnte sagen, mehr als nur ein paar hatte), lag in seiner Seele eine Reinheit, die sie niemals bei irgendeinem anderen Lebewesen gefunden hatte. Wenn man zu den wenigen, glücklichen Leuten gehörte, die seine inneren Kreise erreichten, beschützte er einen bis zum Tod und darüber hinaus.

Wenn man außerhalb davon stand, mochte er sich vielleicht dazu herablassen, einen zu tolerieren, aber er würde wachsam bleiben. Und wenn man sich auf irgendeine Art als unzuverlässig oder verräterisch erwies, dann helfe einem Gott, denn er vergab nicht und er vergaß niemals, und er mochte zwar alle Geduld der Welt aufbringen, doch er würde so sicher wie der Tod eine Möglichkeit finden, sich zu revanchieren.

Und er war auf einzigartige Weise unbesorgt wegen der Möglichkeit, dass es Krieg geben würde. Tatsächlich hätte sie geschworen, dass sie ihn belebte. Zum Krieg gehörten Taktik und Strategie, eine Mentalität, bei der es darum ging, zu töten oder getötet zu werden, und manchmal stellte sich die Gelegenheit ein, an Beute oder Tribut zu gelangen, und auf einer ganz grundlegenden Ebene sprach das den Drachen an.

Dieser Tage entschied er sich des Öfteren, einen friedlicheren Weg einzuschlagen, wenn es möglich war, aber sie war davon überzeugt, dass das nur daran lag, dass er inzwischen eine Familie hatte. Dragos versuchte dem Krieg aus dem Weg zu gehen, weil er höflich ihr gegenüber war, aber wenn er unvermeidlich war?

Man konnte seinen Arsch darauf wetten, dass er ihn höllisch genießen würde.

Und obwohl Pia in beinahe jeglicher Hinsicht so ziemlich Dragos' Gegenteil war, war sie auch pragmatisch genug, um anzuerkennen, dass Krieg manchmal unvermeidlich war, so, wie es jetzt der Fall war.

„Maximal zwei Tage, schätze ich", sagte er nach einem nachdenklichen Augenblick. Er konzentrierte sich auf sie, dann fügte er sanft hinzu: „Vielleicht früher, aber ich kann es nicht versprechen. Ich weiß, das ist nicht das, was du hören willst."

Vorübergehend fehlten ihr die Worte, darum schüttelte sie den Kopf und drückte ihm die Lippen auf den harten Mund. Seine Lippen wurden weicher und schmiegten sich an ihre, darum blieb sie, schaffte es nicht, sich zu lösen, zog aus diesem Augenblick des Trostes so viel, wie sie auch aus der Umarmung mit Liam gezogen hatte.

Das war die Magie, die sie zwischen sich schufen: Die Zeit spielte keine Rolle mehr, Gefahren hatten keine Folgen, und alle Tragödien der Welt wurden erträglich. Solange sie ihren Partner hatte, konnte sie alles überleben.

Aber selbst die besten Küsse mussten irgendwann ein Ende finden.

Als sie sich zögerlich zurückzog, sagte sie mit rauer Stimme: „Zwei Tage sind ein verdammtes Wunder, wenn man es damit vergleicht, dass ich dachte, du wärst tot."

„Ich verstehe." Seine Antwort klang genauso rau. Er räusperte sich und sah aus, als wolle er noch mehr sagen, aber dann zogen sich die Muskeln seines großen Körpers zusammen, und Wut verzerrte seine Miene und seinen Körper.

„O nein, nein." Sie packte seine Schultern mit panischer Kraft, als könne sie ihn durch schiere Emotionen in seinem Körper halten. „Ich bin noch nicht fertig mit Reden …"

„Runter", fauchte er.

Sie zuckte zurück – er hatte noch niemals zuvor mit einem so bösartigen Unterton zu ihr gesprochen – und verlor das Gleichgewicht, sodass sie von seinem Schoß fiel. Während sie sich wieder aufrappelte, starrte sie ihn an …

… und beobachtete, wie der Zorn in seinen goldenen Augen zu Bernstein verblasste. Dragos' wilde Heftigkeit verblasste ebenfalls. O nein, Baby. Nein.

„Meine edle Gemahlin", sagte das Ding mit Dragos' tiefer Stimme. „Wie erfreulich, dich wiederzusehen. Unsere vorherigen Unterhaltungen waren viel zu kurz."

Sie klopfte sich Sand vom Hintern. „Fick dich."

„Du hattest ganz recht. Der Körper deines Gemahls ist stark. Er hat Ausdauer. Das befriedigt mich so sehr", knurrte er. „Vermisst du ihn? Vermisst du das?"

Obwohl er so gründlich gefesselt war, dass er keine Gesten machen konnte, warf er einen Blick hinab auf seine Lende, wo sich eine Erektion beulte, und sie hatte noch niemals jemanden so sehr umbringen wollen, wie sie ihn umbringen wollte. Es.

Mit erhobener Stimme sagte sie: „Jungs, es ist Zeit, zurückzukommen."

Rune und Graydon sprangen wieder in das Zelt, so schnell, dass ihr klar wurde, dass sie die ganze Zeit gelauscht hatten. Die Greifen bewegten sich wie die Raubtiere, die sie auch waren, fest konzentriert auf Dragos' gefesselte Gestalt.

Graydon legte Pia eine Hand auf die Schulter. Telepathisch fragte er: *Geht es dir gut, Kleine?*

Sie wünschte sich, das hätte er nicht getan, denn ein Teil von ihr wollte heulen und in Graydons Arme fallen, doch sie würde vor dieser Kreatur keine Schwäche zeigen. Sie versteifte ihr Rückgrat, dann nickte sie ihm knapp zu.

„Macht weiter", befahl sie. Obwohl Runes Augen ausdruckslos waren und genauso wenig preisgaben wie seine Miene, schmerzte es sie, worum sie sie bitten musste. Praktisch arbeitete Rune nicht mehr für Dragos. Er war nur da, weil Dragos einer seiner besten Freunde war.

Und weil es nichts Gefährliches auf der Welt gab als einen Drachen, der abtrünnig wurde.

„Ist dir immer noch nicht nach Reden? Du machst einen Fehler", sagte das Ding mit Dragos' Stimme zu ihr. „Man sollte immer mit dem Feind verhandeln. Man weiß doch nie, wann das Angebot zurückgezogen wird."

„Du hast nichts zu bieten, woran ich interessiert

wäre." Sie brachte sich dazu, seinem bernsteinfarbenen Blick kalt zu begegnen, ganz gleich, wie sehr es sie erzürnte und verletzte. „Du bist nicht wichtig."

„O doch, das bin ich", erwiderte das Ding. „Ich habe nämlich die Obhut über den Körper deines Gemahls, und so sehr sie es auch versuchen, sie können mich nicht vertreiben. Und was diesen inneren Kampf angeht, den er und ich führen, der war höchst erhellend. Bei jeder Begegnung erfahre ich mehr über ihn. Ich kenne jetzt seine Schwächen."

„Hör nicht mehr hin", sagte Rune zu ihr. „Jetzt, Pia."

Zur gleichen Zeit spannte sich Graydons Hand an ihrer Schulter an, und er schob sie in Richtung des Zeltausgangs. Doch obwohl sie wusste, dass Rune und Gray recht hatten, konnte sie den Blick nicht von der Monstrosität vor ihr lösen.

„Ich werde ihn töten", erklärte das Ding ihr leise. „Und die einzige Art, auf die du Trost in den Armen deines Mannes finden kannst, wird sein, wenn ich dich halte. Die einzige Art, auf die du jemals wieder seinen Schwanz in dir spüren kannst, ist …"

Zorn fegte über sie hinweg. Sie riss sich von Graydon los, stürzte sich auf das Ding, das Dragos war, und schlug ihm so hart auf den Mund, dass seine Zähne ihre Handfläche aufrissen und sein Kopf nach hinten flog. Als er sich wieder aufrichtete, fing er an zu lachen, während Blut von seinen aufgeplatzten Lippen lief. Sie schlug noch einmal zu, mit der ganzen Stärke ihres Oberkörpers dahinter, und diesmal hörte er auf zu lachen.

„Du glaubst, was meine Männer dir antun, ist so schlimm, wie es nur sein kann?", zischte sie. „Vergiss sie. Vergiss meinen Gemahl. Ich bin diejenige, um die du dir

Sorgen machen solltest. Ich werde dich so gründlich zerstören, dass man deinen Namen niemals wieder entdecken wird."

Die ekelerregende Zärtlichkeit in seinen Augen verschwand, und er warf ihr einen unheilvoll funkelnden Blick zu. „Das wirst du bereuen, du dumme Hure. Ich werde deinen Mann heulen lassen wie ein Kind, ehe er stirbt."

Zwei Tage. Dragos hatte es versprochen. Aber was, wenn er sich irrte?

Bei diesem Gedanken wurde sie noch ein wenig verrückter.

„Du bist Staub im Wind, du Arschloch", fauchte sie. „Hörst du mich? Du bist Staub, und niemand schert sich darum."

Graydon schob einen Arm um ihre Taille. Sie wehrte sich gegen ihn, doch er hob sie einfach hoch, weg von Dragos, und brachte sie aus dem Zelt.

Die kühlere Luft draußen strömte über ihre erhitzte Haut, doch die tobende Irre, die ihren Körper übernommen hatte, war noch nicht fertig. „Gray, ich werde ihn ermorden, und wenn ich dazu Dragos' Körper zerfetzen muss."

„Ich weiß, dass du das tust, Liebes", sagte er beruhigend. Dann stellte er sie ab. „Jetzt fass dich mal wieder."

„Beruhig mich nicht!", tobte sie. „Ich fasse mich, wenn ich dazu bereit bin, gottverdammt!"

Während sie sich umwandte, um wieder zurück in das Zelt zu stürmen, erhaschte sie einen Blick auf etliche Leute, die in der Nähe standen und sie beobachteten.

Liam stand bei Khalil und einem Mann und einer Frau. Die Frau besaß eine einzigartige Schönheit und bekannte, vertraute Züge, mit blasser Haut und dunklem Haar. Halb abgewandt musterte sie den See mit einem Stirnrunzeln. Der hochgewachsene, gut aussehende Mann neben ihr benahm sich nicht so diskret. Er betrachtete Pia mit nüchternem Mitgefühl.

Der berüchtigte Hexer Morgan le Fae war eingetroffen, zusammen mit seiner Partnerin, der Musikerin Sidonie.

Doch ihre Anwesenheit war nicht das, was sie wieder zu sich brachte. Es war der Anblick von Liam, der mit verschränkten Armen dastand, während er seinen Oberkörper so fest umfasste, dass es in den Wahnsinn, der sie im Griff hatte, einen Keil hineintrieb.

Die Rückkehr zur geistigen Gesundheit war wie ein Eimer Eiswasser, der sie ins Gesicht traf. Sie spürte das Blut in ihrem Körper pochen, den Schmerz in ihrer rechten Hand, die Verzweiflung, nicht zu wissen, ob Dragos recht damit hatte, sich befreien zu können und seinen Weg zurück zu ihr zu finden.

Aber sie hatte keine andere Wahl, als ihrem Partner zu vertrauen. Buchstäblich keine.

Graydon berührte sie zögerlich am Arm, brach die Gegenüberstellung ab. „Ist schon gut", sagte sie leise zu ihm. „Ich nehme mich zusammen."

„Ich bleibe, falls du mich brauchst", murmelte er.

„Nein, das ist in Ordnung." Sie warf ihm ein verdrehtes Lächeln zu. „Rune braucht dich mehr. Halt mich auf dem Laufenden."

„Mache ich." Mit einem Blick auf die Neuankömmlinge marschierte Graydon zurück in das Zelt.

Pia konzentrierte sich auf Liam. Eines nach dem anderen. „Es tut mir leid, dass du sehen musstest, wie ich so die Fassung verliere."

Er schüttelte den Kopf. „Wie geht ... was kann ich

tun?“

„Liebling, du hast es bereits getan.“ Sie trat vor. „Khalil, abermals vielen Dank für alles, was du getan hast. Ich schulde dir jeden Gefallen, den du brauchst, wann immer du darum bittest. Kein Verfallsdatum.“

Der herrische Dschinn betrachtete sie mit seinem funkelnden, diamantartigen Blick. „Im Laufe der Zeit, in der ich mit meiner Grace zusammen bin, hat sie mir beigebracht, dass es für einen Austausch von Gefallen unter Familienmitgliedern keine Notwendigkeit gibt.“

Das war etwas verblüffend Großzügiges, wenn es von einem Dschinn kam, und sie musste gegen einen Kloß in ihrer Kehle anschlucken. „Das mag ja so sein, doch du hast trotzdem noch meine ganze Dankbarkeit. Wenn es irgendetwas gibt, was ich jemals für dich tun kann, tue ich es nur zu gerne.“

Das nahm er mit einer leichten Verbeugung zur Kenntnis.

Dann drehte sie sich zu dem wartenden Paar um. „Morgan und Sidonie, vielen Dank, dass Sie so kurzfristig kommen konnten.“

„Natürlich“, sagte einer der berüchtigtsten, gefährlichsten Hexer der Welt mit seiner tiefen, angenehmen Stimme. „Liam und Khalil haben uns schon aufgeklärt. Wäre es in Ordnung, wenn ich ein paar Augenblicke in das Zelt gehe? Ich weiß nicht, ob ich irgendetwas spüren oder tun kann, während Dragos die Fesseln mit dem Annullierungszauber trägt, aber ich würde es gern selbst überprüfen.“

„Bitte machen Sie das.“

Sie schaute zu Sidonie, die sie schwach anlächelte. „Die Magie ist Morgans Stärke, nicht meine“, sagte die Musikerin.

„Ich bin gleich zurück." Morgan marschierte in das Zelt.

Pia stellte sich auf Wartezeit ein. Die Hoffnung war schmerzhaft, und genauso das Unwissen. Sie suchte sich eine Beschäftigung, darum warf sie ihre Muttergene an und konzentrierte sich auf Liam. „Du bist eine Menge geflogen. Brauchst du was zu essen?"

Seine angespannte Haltung lockerte sich ein wenig, und er warf ihr einen Blick zu, der so von entnervter Liebe erfüllt war, dass der herrische Dschinn neben ihm lächelte. „Auf dieser Reise bin ich nicht so viel geflogen", rief er ihr in Erinnerung. „Das hat Khalil getan. Und ich habe ein paar Sandwiches gegessen. Mir geht's gut, Mom. Was ist mit dir?"

„Mir geht's auch gut."

„Aber wann hast du zuletzt was gegessen?", drängte er. „Du hast auch eine Menge Energie verbraucht."

Sein Beharren brachte sie dazu, zurückzudenken. Das letzte Mal, dass sie etwas gegessen hatte, war das Frühstück gewesen, und das war Ewigkeiten her an diesem Tag, der sich anfühlte wie zehntausend Jahre. Kein Wunder, dass sie sich ausgehöhlt und gereizt fühlte.

Aber das letzte, was sie wollte, war, sich etwas zu essen in den Mund zu schieben. „Guter Punkt. Tu mir einen Gefallen — bitte geh zurück ins Haus und hole mir einen Proteinshake. Viel Kokosmilch, viele Kalorien."

An der Art, wie sich seine Haltung veränderte, erkannte sie, dass er erleichtert war, etwas anderes zu tun zu bekommen. „Verstanden. Sonst noch was?"

„Nein, ich …" Sie brach ab, als sich die Zeltklappe hob und Morgan heraustrat.

Und da war diese verdammte Hoffnung wieder, schnürte ihr die Kehle zu und brachte ihre Hände zum Beben. Sie war nicht sicher, ob es Liam auffallen würde, doch sie ballte die Hände trotzdem zu Fäusten.

„Es tut mir leid“, sagte Morgan, während er zu ihnen kam. „Leider gab es nichts, was ich tun konnte.“

Das zermalmende Gewicht landete wieder auf ihrer Brust. Mit belegter Stimme sagte sie: „Ich bin nicht überrascht.“

„Ich auch nicht“, erwiderte Morgan. „Aber ich musste es trotzdem versuchen.“

„Ja. Danke.“ Sie zwang sich dazu, tief Luft zu holen. Sie schauten sie alle argwöhnisch an, als würden sie erwarten, dass die Irre zurückkehrte.

Sie lagen nicht falsch, wenn sie vorsichtig waren. Die Irre wollte unbedingt zurück. Das Einzige, was sie davon abhielt, war der vernünftige Teil von Pia, der sie fest-genagelte.

„Wir müssen unseren nächsten Schritt machen“, erklärte sie ihnen. „Carling, Beluviel, Grace und Khalil und Morgan. Ihr seid mein Dream-Team. Wir müssen hinab in diese Ruinen steigen, um zu sehen, was wir über unseren Eindringling herausfinden.“

„Ich komme auch mit“, sagte Liam.

„Nein.“ Das Wort kam schneller heraus, als sie bewusst darüber nachdenken konnte. Als er sie ansah, als wolle er etwas einwenden, sagte sie fester: „Ich sagte *Nein*, Liam. Ich bin deine Mutter, ich habe das Sagen, während Dragos verhindert ist, und ich muss dafür keinen Grund nennen. Einfach nur Nein. Du gehst nicht dort hinab, nicht nach dem, was mit deinem Dad passiert ist. Erlege mir das nicht auf.“

Sie musste ihn nicht körperlich berühren, um zu wissen, dass in ihm das Bedürfnis vibrierte, dem zu widersprechen, was sie sagte, doch er zügelte sich und erwiderte einfach:

„Okay. Was immer du brauchst."

„Vielen Dank." Dankbar, dass er entschieden hatte, nicht weiter zu drängen, stieß sie die angehaltene Luft aus. „Sowohl Carling und Rune, Bel und Graydon müssen entscheiden, ob sie zulassen können, dass sich ihre Partner dafür von ihnen trennen, oder ob Rune und Gray hier die anderen Wächter übernehmen lassen möchten." Sie schaute zu Morgan und Sidonie. „Ich schätze, ihr müsst das auch entscheiden."

„Das ist bereits entschieden", gab Sidonie zurück. „Ich muss mich nicht der Gesellschaft anschließen und womöglich alle aufhalten, denn ich habe nichts Nützliches beizutragen."

Kurz bewunderte Pia sie. Sie war sich nicht sicher, ob sie diese Entscheidung treffen könnte, wenn ihr Partner in etwas involviert wäre, das womöglich so gefährlich war, doch Werwölfe waren anders als die Wyr. Oder vielleicht hatte Sidonie nur ein so verblüffendes Zutrauen zu ihrem Geliebten, das alles andere überstrahlte.

„Okay", sagte Pia. „Ich will, dass mich alle am Haus treffen und bereit zum Gehen sind, in …" Sie musste im Kopf ein paar Berechnungen durchführen, denn sie hatten keine Handys, Autos oder andere Arten, um die Vorbereitungszeit zu bestimmen. Sie schaute auf und schätzte den Stand des Mondes am Himmel ab. „Bevor der Mond untergeht."

Khalil sagte zu ihr: „Carling, Grace und Bel warten bereits am Haus. Bis zum Monduntergang bleibt eine Menge Zeit."

Liam schaute auch zum Himmel auf. „In ein paar Stunden dämmert es. Wäre es nicht besser, auf das Tageslicht zu warten?"

Mit gerunzelter Stirn dachte sie darüber nach. „Das Tageslicht hat mir oder Dragos nicht geholfen, als wir in den Ruinen waren, und das Warten wird nur Zeit vergeuden, die wir uns nicht leisten können. Wir steigen hinab, sobald wir bereit sind."

Niemand sagte etwas oder stocherte in ihrem Plan herum, also war es abgemacht. Sie begaben sich zurück zu dem wunderbaren Fertighaus mit drei Schlafzimmern, das Dragos allein mit ihrem Komfort im Sinn gebaut hatte, und das sie inzwischen auf ziemlich unlogische Art hasste.

Es war immer noch ein vollkommen wunderbares Haus. Es hatte drei geräumige Schlafzimmer, ein paar Kamine, kühle, ökofreundliche Technik, die gut in Anderländern funktionierte, Granitarbeitsplatten, Schubladen, die sich von allein schlossen, blablabla. Aber sie waren kaum angekommen, als die Katastrophe zugeschlagen hatte, und es gab nicht genügend gute Erinnerungen, um die schlimmen ins Gleichgewicht zu rücken. Sie wollte es anzünden.

Das Ding, das Dragos in Besitz genommen hatte, hatte seine bösartige Pest im ganzen Haus verteilt. Sobald sie ihren Partner zurückhatte, würde sie die Beschwerdebrief-von-der-Ehefrau-Karte spielen und dieses nervige Teil aufgeben. Sie würden irgendwo anders wohnen. Egal wo. Es war ihr gleich, wo oder worin. Eine Wellblechhütte würde es tun. Wie sie zu Liam gesagt hatte, sie brauchte keine Gründe zu liefern.

Zurück in dem wunderschönen, dem Untergang geweihten Haus, waren Grace, Carling und Beluviel nicht die einzigen, die warteten. Eva und Linwe waren auch da, zusammen mit Aryal, Quentin, Bayne und Grym.

Pia ließ sie alle zurück, um einander auf den neuesten

Stand zu bringen und alles auszuknobeln, was ausgeknobelt werden musste, und vermutlich über sie zu reden, während sie weg war. Sie marschierte in die Vorratskammer der Küche, schnappte sich ihre Milchpumpe und ein paar leere Fläschchen, und begab sich zum Schlafzimmer.

Eva holte sie im Gang ein. Sie stieß hervor: „Nicht jetzt."

„Pia, was kann …" Eva erhaschte einen Blick auf das, was sie in den Händen hielt, betrachtete ihre angespannte Haltung und das übermäßig feuchte Leuchten in ihrem Blick, und blieb stehen. Dann zeigte Eva auf sie. „Ich bin deine Gefährtin und Leibwächterin. Ich weiß, du hast Liam gesagt, er könne nicht mitkommen, aber mir erzählst du nicht denselben Scheiß. Ich gehe mit dir in diese Ruinen. Deine Tasche ist gepackt. Ich werde draußen bei den anderen warten."

Evas knackige Haltung, die sich nichts bieten ließ, war genau, was Pia brauchte, wenn es am nötigsten war. „Weißt du irgendwas darüber, wie es den Kindern geht?", fragte sie, ihre Stimme von Tränen erstickt, die sie sich weigerte, laufen zu lassen.

„Jedes einzelne von ihnen ist perfekt", sagte Eva. „Und man umtüddelt sie alle. Niniane und Tiago und einige andere krasse Typen, die ich nicht erwähnen werde, sind bei ihnen. Niall macht allen das Leben zur Hölle, und sie können es nicht erwarten, ihn dir zurückzugeben. Wir bekommen regelmäßig Beschwerden. Ich meine, Updates."

Während sie die Augen schloss, lächelte Pia. „Das ist mein kleiner Junge. Wenn ich fertig bin, bring ihm bitte meine Milch."

„Natürlich, meine Liebe." Eva nickte ihr knapp zu. „Erledige dein Zeug. Wir sind bereit, wenn du es bist."

Pia warf ihr ein schiefes Lächeln zu. „Bei den Göttern, ich habe dich lieb. Hast du in letzter Zeit die Gelegenheit bekommen, dich flachlegen zu lassen?"

Panik blitzte auf Evas kühnen, schönen Zügen auf. „Nein, und halt den Mund!", zischte sie. „Linwe ist gleich nebenan! Du weißt doch, wie gut Elfen hören!"

„Ich höre, sie hören ziemlich gut."

„Raus mit dir!" Eva schlug ihr auf den Rücken. „Scheiße!"

Aber o Wunder, sie lachte tatsächlich. Tat so, als wäre alles normal, nur ein paar Augenblicke lang. Dann ging sie in die große Suite und kümmerte sich um ihr Zeug.

Maximal zwei Tage. Dragos hatte es versprochen. Und zumindest eine Stunde dieser Zeit war bereits abgelaufen. Sie konnte mit allem beinahe zwei Tage lang fertig werden.

Und in der Zwischenzeit fanden sie vielleicht in den Ruinen etwas, das half.

Kapitel 4

D RAGOS WAR GERADE ausreichend Zeit geblieben, um Pia zu warnen, bevor der neueste Zauber des Gegenspielers ihn völlig umfing.

Er stürzte in die Dunkelheit, aber diesmal verlor er nicht das Bewusstsein. Eisenketten peitschten um seinen Körper, nagelten seine Arme und Beine an ihn, und etwas schubste ihn schwer. Er fiel um und fiel und fiel …

Er schlug auf eisiges Wasser auf, das sich über seinem Kopf schloss, und das gemeinsame Gewicht seines Körpers und der Ketten ließen ihn hinabsinken. Er konnte nicht atmen oder schwimmen, und seine Lungen taten sehr schnell weh.

Er war gefangen, ertrank. Es gab keinen Ausweg. Keine Möglichkeit, um Hilfe zu rufen. Panik schlug mit schwarzen, unnachgiebigen Schwingen auf ihn ein.

Dragos nahm sich einen Augenblick, um diese Panik zu bewundern, und die umfassende Natur dieses Zaubers. Der Gegenspieler war nicht tatenlos gewesen, während Dragos mit Pia gesprochen hatte. Er hatte Zeit gehabt, seinen Angriff sorgsam zu formen.

Das war etwas anderes als die recht idyllische Lichtung oder der Spiegelzauber am Wasser. Es war aggressiv, tödlich und makellos.

Es gab viele Arten von Illusionszaubern. Die meisten

hielten einer genaueren Prüfung nicht stand. Je stärker und komplexer die Illusion war, desto mehr brachte sie den Verstand dazu, zu glauben, dass sie echt war.

Und wenn man einen Illusionszauber schuf, der stark und umfassend genug war, konnte man den Verstand von beinahe allem überzeugen. Kombiniert mit einem Panikzauber konnte man buchstäblich veranlassen, dass jemand starb, weil er glaubte, er würde sterben. Der Verstand war etwas Mächtiges.

Der Widersacher hatte es nicht mehr darauf abgesehen, ihn zu unterdrücken oder ihn zur Selbstzerstörung zu ermutigen. Er war darauf aus, ihn zu töten.

Den Wirt zu ermorden, den man in Besitz genommen hatte, wie auch immer man es anstellen wollte, war ein extrem riskantes Manöver, denn im weitaus häufigeren Fall starb der Körper zusammen mit dem ursprünglichen Bewusstsein, und es bestand immer die Möglichkeit, dass der Tod des Wirtes denjenigen mitraffte, der ihn in Besitz genommen hatte.

Entweder war dieser Parasit höchst zuversichtlich, dass er die Kontrolle über Dragos' Körper behalten konnte, nachdem Dragos' Bewusstsein gestorben war, oder er war verzweifelt. Oder beides.

Aber so schön gestaltet seine letzte Illusion auch war, sie hatte immer noch einen entscheidenden Fehler – sie schloss Dragos nicht völlig ein. Er wusste es besser, und er glaubte nicht daran. Die Ketten, die fehlende Luft, das dunkle, eisige Wasser, diese Version seines Körpers – das Einzige, was echt war, war die detailreich geformte Struktur des Zaubers, der sie ins Leben rief.

Und Dragos erinnerte sich sehr gut an die Zeit, in der es ihn gegeben hatte, bevor die Erde gebildet wurde, als er noch keinen richtigen Körper gehabt hatte. Als er durch den Himmel geflogen und in einem Sonnenlicht gebadet hatte, das so rein war wie ein durchdringendes Schwert aus leuchtendem Gold. Sein Bewusstsein wusste nur zu gut, dass er keinen atmenden Körper brauchte, damit er überleben konnte.

Doch sein Feind wusste das nicht.

Nach ein paar blitzschnellen Berechnungen wehrte Dragos sich weiter. Vergebens. Er gestattete der Panik, durch den Großteil seines Bewusstseins einzusickern. Nachdem er abgeschätzt hatte, dass genug Zeit vergangen war, damit er „ertrank", wurde er schlaff, und sein falscher Körper kam auf einem felsigen Grund aus Sand zum Ruhen.

Dann wartete er, unbeweglich, trieb in der lautlosen Dunkelheit dahin, seine Gedanken duldsam. Er persönlich hatte noch niemals jemanden, den er in Besitz genommen hatte, in den Tod getrieben, darum konnte er sich nur vorstellen, was als nächstes passieren würde.

Wäre er wirklich gestorben, gäbe es kein Bewusstsein mehr, das man einhegen musste, darum würde der Zauber, der diese Version seines Körpers schuf, zusammen mit den Ketten, die ihn fesselten, seinen Anker verlieren. An dieser Stelle hätte er sich theoretisch auflösen sollen.

Er spürte die lautlose, scharfe Aufmerksamkeit des Widersachers. Das war ein Spiel, das Dragos sein ganzes Leben lang gespielt hatte, ein Spiel, das er liebte: zwei Raubtiere, die einander einschätzten, sich ihre Gewinnchancen ausrechneten und ihre nächsten Schritte planten.

Hier bin ich, du Bastard, dachte der Drache, tief drinnen, wo der Zauber ihn nicht erreichen konnte. Ich bin hilflos und bewusstlos. Was machst du jetzt?

Langsam kroch die fremde Wesenheit näher. Als sie das tat, gab Dragos seine Bindung an den falschen Körper auf, und sowohl er als auch die Ketten verschwanden. Er ließ zu, dass sein Verstand sich weitete, ein Drache, der die Flügel spannte – und dann schlug er zu.

ALS PIA AUS dem großen Schlafzimmer kam, war sie frisch geduscht und in eine grobe Jeans, Wanderstiefel und ein T-Shirt gekleidet. Eva wartete gleich vor der Tür und hob die Augenbrauen, als sie auf Pias Gestalt hinabsah.

„Was denn?", fragte Pia.

„Nichts, ich würde mich nur besser fühlen, wenn ich irgendwo Kevlar sehen würde", erwiderte Eva. „Ein wenig Rüstung, um deine Brust zu schützen, ich weiß nicht, irgendwas halt."

„Das verstehe ich, aber da ist nichts Lebendes in diesem Loch." Pia hielt inne. „Nichts Körperliches auf jeden Fall. Die größte Gefahr für alle wird eine magische sein." Sie reichte Eva die Flaschen mit der Milch. „Bitte kümmere dich darum, dass die weggebracht werden, dorthin, wo sie hinmüssen."

„Jocasta und Ramone werden wissen, wem sie sie übergeben müssen. Ich bin gleich wieder da. Geh nicht ohne mich."

„Natürlich nicht."

Pia begab sich ins Wohnzimmer, wo sich eine große Schar Menschen befand, die tief in eine Diskussion über magische Theorie versunken waren. Sie alle waren in robuste Kleider und leichte Lederrüstungen gekleidet, mit Rucksäcken und Waffen. Sie musterte die Gruppe.

Rune und Carling – da gab es keine Überraschungen. Rune war es nicht möglich, Carling von seiner Seite zu lassen, seit sie und Pia entführt worden waren. Beluviel und Graydon, auch keine Überraschung. Grace und Khalil, Morgan und Sidonie, Bayne und Liam.

Bei ihrer Ankunft erhoben sich alle. Morgan sagte: „Wir haben beschlossen, dass eine gerade Anzahl von Leuten hinab in die Ruinen geht. Auf diese Weise können wir in Paaren unterwegs sein und einander im Auge behalten, falls einer von uns aus der Ruhe kommt oder sich merkwürdig verhält. Bayne ist einverstanden, mein Partner zu sein, wenn Sie zustimmen."

Pia musterte den Wächter, der ihr ein schläfrig wirkendes Lächeln zuwarf. Die drei Greifen wirkten, als könnten sie Brüder sein — sie waren mächtig gebaut und hatten Haare in unterschiedlichen Blondtönen und sonnengebräunte Haut. Rune war am ehesten klassisch gut aussehend, und Graydon hatte die gröbsten Züge.

Bayne sah ein wenig nach Gerard Butler aus, mit einem wettergegerbten Gesicht und starkem Knochenbau, einem festen, sinnlichen Mund und Grübchen, die überraschend auftauchten, wenn er lächelte. Er schlenderte eher, als dass er ging, und der Klingelton auf seinem Handy war „Staying Alive" von den Bee Gees. Selbst die Art, wie sein ungebändigtes, von der Sonne gebleichtes Haar sich in einen Wirbel legte, wirkte entspannt.

Er hatte auch jahrelang der Abteilung für Gewaltverbrechen der Wyr von New York vorgestanden, und keiner der Wächter hatte seine Stellung erlangt, indem er es locker nahm oder sich gehen ließ, zumindest nicht im Beruf. Sie mochte Bayne so sehr und ließ sich keinen Augenblick lang von seiner geselligen, lockeren Haltung täuschen.

„Ich bin einverstanden", sagte sie, und Baynes

Grübchen tauchten kurz auf, als sein Lächeln sich vertiefte.

Liam erklärte ihr: „Ich komme mit euch, zumindest bis zu den Ruinen. Aber wie ich versprochen habe, gehe ich nicht hinein."

„Gut." Sie drehte sich um, als sich die Eingangstür öffnete und Eva hereinkam. „Wenn wir alle fertig sind, gehen wir."

Morgan gab Sidonie einen anhaltenden Kuss, und die schöne Musikerin umarmte ihn fest. Während sich alle nach draußen begaben, berührte Bel Pia mit einem beruhigenden Lächeln an der Hand. „Ich weiß, dass das unfassbar stressig und furchterregend ist, aber wir werden das hinkriegen."

Sie holte tief Luft und straffte die Schultern. „Ja, das werden wir."

Dieser Abstieg in die Ruinen war sehr viel anders als beim ersten Mal, als sich Dragos der Bequemlichkeit wegen in den Drachen verwandelt hatte und mit ihr über die Siedlung hinüber zum Bauplatz der neuen Konzerthalle geflogen war. Die Sonne war am frühen Morgen strahlend gewesen, und sie hatte am Rand ihres Sichtfelds Blicke auf die Unsichtbaren erhascht, ein geisterhaftes Flackern vor dem sonnendurchfluteten Himmel.

Diesmal marschierte die Gruppe rasch durch die Siedlung. Es war sehr spät nachts, und nach den Ereignissen auf der Strandparty, auf der sie Dragos überwältigt hatten – den Eindringling in Dragos' Körper –, hatten sich die zwanzigtausend Einwohner in ihre eigenen Lager zurückgezogen.

Obwohl es so spät war, blieben die Leute noch in dicht gedrängten Gruppen beieinander, redeten leise rund um die Lagerfeuer und beobachteten nervös die Gruppe, die an ihnen vorbeiging, doch niemand näherte sich. Die feierliche

Laune von vorhin war verschwunden, und alle trugen Waffen.

Als sie zurück an die Unsichtbaren während ihres kurzen Fluges mit Dragos dachte, kam ihr die seltsame Begegnung auf der Lichtung in den Sinn, und sie winkte Bel herüber. Sobald die Elfenfrau sich neben ihr einreihte, erzählte ihr Pia telepathisch von dem, was sich zugetragen hatte.

Einen Augenblick lang konnte ich sie völlig klar sehen, im nächsten waren sie verschwunden, schloss sie.

Die Fackeln, die in regelmäßigen Abständen entlang des Weges aufgestellt waren, ließen Bels große Augen leuchten. *Faszinierend. Und dieser Wechsel geschah, als du verwandelt warst?*

Ja. Der erste wollte mich eindeutig berühren, was nicht in Ordnung war, aber ich glaube nicht, dass er – oder sie – mir irgendwie schaden wollte. Pia runzelte die Stirn. *Ich war bis jetzt zu beschäftigt, um auch nur darüber nachzudenken, geschweige denn, herauszufinden, was es bedeutet. Was meinst du?*

Ich glaube, es bedeutet, dass du noch außergewöhnlicher bist, als ich bereits wusste. Bel lächelte sie freundlich an. *Deine Wyr-Gestalt muss gut auf die Dimension eingeschwungen sein, die sie bewohnen. Ihr Reich liegt nah an unserem. Ich frage mich, was du sonst noch aus ihrer Welt sehen oder hören könntest? Was, wenn du ihr Reich ganz betreten könntest? Es wäre eine Reisemöglichkeit, die sich völlig von Übergängen oder der Schnelligkeit des Dschinn-Flugs unterscheidet.*

Bei dem Gedanken erschauerte sie. *Und was, wenn ich es nicht zurückschaffen würde? Ich könnte auf ewig an irgendeinem fremden Ort festsitzen. Nein danke.*

Während sie redeten, kamen sie näher an den Bauplatz.

Plötzlich sagte Bayne: „Ich rieche Blut."

Die Gruppe reagierte sofort. Liam und Eva stellten sich

an Pias Seite, nach außen gewandt. Khalil verließ seine körperliche Gestalt und umgab Grace, sodass ihre Umrisse verschwammen. Graydon riss Bel an seine Seite und zog sein Schwert.

Carling, Rune, Morgan und Bayne liefen vor. Bis die anderen sich näherten, kauerten sie neben einer liegenden Gestalt. Carling richtete sich sofort auf. „Er ist tot. Ihm wurde die Kehle durchgeschnitten."

„Da ist noch einer." Morgan marschierte hinüber zu der Leiche etwa zwanzig Meter entfernt. Nachdem er sich kurz hingekniet hatte, sagte er: „Hier das Gleiche. Sieht aus wie ein Dolchstich in die Halsschlagader. Sehr ordentlich. Wenn man es richtig macht, bleibt dem Opfer keine Zeit, um zu schreien."

„Wie viele Wachen blieben am Tatort zurück?", fragte Bayne. Er wartete nicht auf eine Antwort. Stattdessen lief er um das große, gezackte Loch im Boden.

Pia war zu schockiert gewesen, um es sich zu merken, doch Graydon, der auch dabei gewesen war, sagte: „Vier. Es waren vier."

Eva fluchte tonlos. Sie kniete sich hin, öffnete ihren Rucksack und riss eine schwarze Weste heraus. „Siehst du jetzt, weshalb ich wollte, dass du einen Schutz trägst?"

Ernüchtert schlüpfte Pia in die Kevlar-Weste, in die Eva sie hineinschob. „Das habe ich nicht kommen sehen."

„Sagte jeder Tote auf jedem verdammten Schlachtfeld, egal wo", fuhr Eva sie atemlos an. *„Seit es die Geschichtsschreibung gibt."*

„Okay, Himmel, ich kapiere es. Es tut mir leid", murmelte Pia, während sie die Weste mit bebenden Fingern festschnallte. „Du kannst gleich mal aufhören, mir auf die Zehen zu steigen."

Eva erwischte sie an der Hand und drückte sie zur Erwiderung. „Das liegt nur daran, dass du mir wichtig bist."

Pia schob ihre Finger durch die von Eva, erwiderte den Druck. „Ich weiß."

Bel und Graydon, und Grace und Khalil blieben bei Pia und Eva, während die anderen sich verteilten, um sich den Rest der Baustelle anzusehen. Die Szene war seltsam makaber, wie ein Friedhof voller Gräber, während Haufen aus Baumaterialien und Erdaushub tiefe Schatten warfen und der Wind in den Bäumen flüsterte.

War es der Wind? Inzwischen war Pia allmählich argwöhnisch, was dieses Geräusch anging. Sie kniff die Augen zusammen, versuchte, die Dinge aus dem Augenwinkel zu betrachten, um zu sehen, ob sie das feine Flackern von Bewegung erhaschen konnte, das auf die Anwesenheit der Unsichtbaren hinwies, aber es war zu dunkel, und sie fühlte sich zu erschüttert. Sie schlang die Arme um den Oberkörper, wartete nervös, bis die Profis den Rest des Tatorts in Augenschein nahmen und Bericht erstatteten.

Es fühlte sich sehr lange an, aber es hatte bestimmt nur ein paar Minuten gedauert, bis die meisten anderen zurückkamen, bis auf Liam, der am Rand des Loches auf ein Knie ging. „Nur drei Leichen, alle mit derselben Todesart", sagte Bayne zu Graydon. „Sie haben wohl demjenigen vertraut, der zu ihnen kam, denn es gibt keine Anzeichen, dass sie sich gewehrt haben. Die vierte Wache muss wohl so einiges erklären."

Pia konnte den Blick nicht von ihrem Sohn lösen. Er war so dicht an diesem schwarzen, klaffenden Maul. „Liam", sagte sie angespannt. „Du raubst mir noch den letzten Nerv."

Er hob eine Hand, ohne aufzuschauen. „Ich verstehe, Mom. Ist schon gut. Ich schaue nur. Wisst ihr noch, ob sie Seile dagelassen haben, hinab in dieses Loch, als sie dich und Dad herausgeholt haben? Denn jetzt ist da eins."

„Ich glaube nicht." Graydon ließ Bel los und marschierte hinüber. „Es gab keinen Grund, ein Seil hinabbaumeln zu lassen. Berühr es nicht ohne Handschuhe. Sonst wird der Geruch verfälscht. Hier." Er trat an Liams Seite, wühlte in seiner Tasche und holte Gummihandschuhe heraus.

Zusammen zogen er und Liam das Seil herauf, und Morgan, Bayne und Rune versammelten sich, um es zu mustern. Ein paar Schritte entfernt stand Carling und spähte in das Loch hinab. Die Vampyrin sagte beinahe nachdenklich: „Dort unten gibt es eine Menge magische Überreste."

Jeder Instinkt in Pia kreischte. Leider war das meiste davon widersprüchlich. Sie. Wollte. Nicht. Noch mal. Dort. Hinab. Und doch war sie hier, entschlossen, genau das zu tun.

Und sie ertrug es nicht, wie dicht Liam an dem klaffenden Loch stand, obwohl er von einigen der kompetentesten und gefährlichsten Leute umgeben war, denen sie je begegnet war. Obwohl *er* einer der kompetentesten und gefährlichsten Leute war, denen sie je begegnet war. Mann, diese Mutterinstinkte. Die konnten schon aufreibend sein.

Sie zwang ihre bleiernen Beine zum Gehen und begab sich an Liams Seite. Es war vielleicht unvernünftig, doch sie fühlte sich besser, sobald sie ihm eine Hand auf den Arm legte. Er tätschelte ihr geistesabwesend die Finger. Der Großteil seiner Aufmerksamkeit lag auf dem Seil und den anderen.

„Da sind Pia und Dragos, was zu erwarten war", sagte Rune. „Und es gibt Spuren vieler anderer Gerüche. Auch nicht ungewöhnlich bei einer Baustelle, an die die ganzen Materialien geliefert wurden. Aber es gibt auch einen frischeren Geruch, der über allem liegt."

„Und all diese Gerüche sind Wyr", fügte Morgan an. „Ich glaube, eure vierte Wache ist dort hinab gegangen. Die Frage ist, kam er wieder nach oben?"

„Das lässt sich nur sagen, wenn man runtergeht und es herausfindet", sagte Bayne. „Leuchten wir mal rein."

Sie knickten etliche Lichter, und Bayne und Graydon warfen sie in das Loch. Alle schauten auf den unebenen Boden hinab, der unter ihnen mit Steinen und Erde verschmutzt war. Große, geschnitzte Säulen deuteten sich am Rande der höhlenartigen Öffnung an, die sich in der Ferne zu Schwärze verdüsterte.

Nichts geschah. Es gab kein Geräusch, keine Bewegung. Rune schaute Pia an. Sein Löwenblick spiegelte leuchtend das schwache Glühen der Knicklichter von unten. „Wenn unsere vierte Wache noch dort unten ist, ist sie entweder bewusstlos oder tot."

„Oder besessen", sagte sie.

„Genau", erwiderte Morgan knapp. „Das lässt sich nur auf eine Art herausfinden." Er machte einen Schritt vor und ließ sich in das Loch fallen. Pia und die anderen beobachteten, wie er mit unmenschlicher Anmut unten landete. Als Werwolf war er auf gewisse Art stärker, als es ein Wyr-Wolf gewesen wäre.

„Ach komm, du bist nicht der Einzige, der hier Spaß haben darf", rief Bayne ihm zu. Der Wächter sprang hinab, um sich ihm anzuschließen.

Khalil bot an: „Ich kann alle anderen runterbringen."

„Das ist vielleicht nicht der beste Gedanke", meinte Carling. „Wenn ihr Dschinn irgendwo ankommt, seid ihr wie ein Mini-Tornado. Wir können nicht gebrauchen, dass deine Macht irgendeine magische Falle auslöst. Gehen wir mit so wenig Störelementen wie möglich nach unten, zumindest, bis wir einschätzen können, ob es sicher ist oder nicht, etwas anderes zu tun."

„Rune und ich können in unseren Greifengestalten jeder drei oder vier Leute mitnehmen", sagte Graydon. Rune nickte ihm zu. „Wer das nicht mag, kann immer noch klettern." Graydon nahm das Seil und ließ es wieder in das Loch hinabfallen.

Pia tätschelte Liam am Arm und lächelte. Er erwiderte das Lächeln nicht. Er sagte: „Mir gefällt nicht, dich ohne mich gehen zu lassen."

„Aber das wirst du, denn du hast es versprochen", erwiderte sie.

Sein Mund spannte sich an. „Das werde ich, denn ich habe es versprochen. Außerdem habe ich, glaube ich, meine nächste Aufgabe gefunden." Er rief nach unten: „Gibt es irgendeine Spur von einer Leiche?"

Bayne schaute auf. „Noch nicht. Ich glaube, er ist hinabgestiegen, hat zusätzlich zu seinen Morden ein bisschen die Gräber ausgeraubt, und ist dann wieder raufgegangen. Er hat das Seil nicht mehr gebraucht, darum hat er sich nicht die Mühe gemacht, es wieder mitzunehmen."

Liam schaute die anderen Wächter an. „Nehmen wir an, Bayne hat recht und er ist wieder herausgekommen. Ich habe seinen Geruch. Ich werde mich daran machen, ihm hier oben nachzuspüren."

„Gute Idee", sagte Rune. „Erstatte Bericht, wenn du etwas herausfindest."

„Mache ich."

Rune und Graydon verwandelten sich. Jeder der Greife war riesig, etwa so groß wie ein SUV, mit dem Kopf und den Flügeln eines Adlers und dem muskulösen Körper eines Löwen. Sie waren so empörend großartig, dass trotz allem Pias Laune gehoben wurde.

Sie wandte sich an Liam. Düster sagte er zu ihr: „Pass auf. Ich habe bereits ein Elternteil, um das ich mir Sorgen mache."

„Pass du auch auf." Sie schürzte den Mund. Sie wollte ein halbes Dutzend Leibwächter mit ihm schicken, und sie konnte es nicht, nicht, wenn er so sehr darauf erpicht war, zu zeigen, wie erwachsen und unabhängig er war. Er würde ihr nie verzeihen, wenn sie ihn vor Zuschauern zum Baby degradierte. Außerdem war er ja vielleicht kein versierter Zauberer wie jemand so Altes wie Carling oder Morgan, doch als Drache war er auf seine Art der Mächtigste hier. „Ich versuche, mir einen guten Grund einfallen zu lassen, weshalb ein Wyr seine Mitwachen verraten, sie töten und dann in die Ruinen gehen und verschwinden sollte, und mir fallen keine Szenarien ein, die mir gefallen. Wenn er die Gräber ausgeraubt hat, wie Bayne sagt, hat er vielleicht einige gefährliche Artefakte dabei. Berühre nichts mit bloßen Händen."

„Das ist mir völlig klar." Er nahm sie an der Taille und hob sie auf Graydons Rücken, hinter Bel, und Eva sprang hinter sie. „Ich melde mich bald wieder."

„Okay." Sie berührte ihn an der Wange.

Dann trat er zurück. Er bewegte sich mit raubtierhafter Anmut, entschlüpfte in die Schatten.

Ihr blieb keine Zeit, Liams Aufbruch zu beobachten und sich Sorgen zu machen. Graydon sprang vor, und Pia drang einmal mehr in die Szene ihres schlimmsten Albtraums vor.

Kapitel 5

UNTEN VERTEILTEN SIE sich alle, bewegten sich vorsichtig und hielten sich dicht an ihre Partner. Die Wächter benutzten weitere Knicklichter, verteilten sie auf dem Boden, bis die unterirdische Höhle von einem kalten, schwachen Licht erhellt wurde.

Pia war überrascht, an wie viele Einzelheiten sie sich erinnerte: die Wandbilder, die in den Stein geschnitzt waren und sich höher als drei Menschen erhoben, und das schwache, komplexe Mosaik unter ihren Füßen. Eva hielt mit ihr mit, Schritt um Schritt.

Grace, die bis jetzt die Stillste der Gesellschaft gewesen war, hauchte: „Ooooh, dieser Ort.“

Khalil marschierte an der Seite seiner Geliebten. „Was siehst du, Gracie?“

Grace wirbelte in einem langsamen Kreis herum, die Augen weit aufgerissen. Sie war eine hübsche, junge Menschenfrau in den Zwanzigern mit wildem, kastanienrotem Haar und einer zarten Bräune auf der hellen Haut, und einem Humpeln von einer alten Verletzung, die nicht gleich magisch geheilt worden war. Als Folge daraus würde sie immer hinken müssen.

Sie war auch das Orakel, aus einer langen Reihe, die bis zurück ins alte Griechenland reichte. Einst waren Könige und Kaiser aus der ganzen antiken Welt als Bittsteller zum

Orakel gekommen und hatten ein großes Vermögen an Gold, Edelsteinen und Silber geboten, nur um eine Audienz zu erhalten.

In modernen Zeiten waren diese Bittsteller versiegt bis zu einem kleinen Rinnsal. Als Orakel war es Grace verboten, Geld für ihre Dienste zu verlangen, und sie hatte die Verpflichtung, jedem Audienz zu gewähren, der darum bat. Ihre Familie war finanziell in Schwierigkeiten geraten … bis Grace herausgefunden hatte, dass sie helfen konnte, verletzte Dschinn zu heilen.

Nun überschüttete sie die ganze Dschinn-Gesellschaft mit ihrer Ergebenheit, und sie besaß einen beinahe unvorstellbaren Reichtum in Dschinn-Gefallen. Begierige und dankbare Dschinn boten ihr an, auf ihre Nichte und ihren Neffen aufzupassen, als Leibwächter zu dienen, wenn Khalil in die Ferne reisen musste, Lebensmittel für sie zu kaufen und ihr Haus zu putzen, bis es glänzte. Keine Aufgabe war ihnen zu groß oder zu klein.

Eine von Dschinn betriebene Firma, die Internetauf-tritte programmierte und pflegte, hatte dem Orakel eine Webseite gewidmet und organisierte ihre Termine mit höchster Aufmerksamkeit. Bei einer Party hatte Grace einmal Pia lachend erzählt, dass sie keine Ahnung hatte, was auf der Webseite stand, oder wie viel sie verlangten – sie sollte das nicht wissen, und der ganze Vorgang unterstand nicht ihrer Kontrolle – doch als Ergebnis davon waren ihre finanziellen Mittel sprunghaft angestiegen. Es war etwas sehr Gutes, so allumfassend von den Dschinn geliebt zu werden.

Grace sagte: „An diesem Ort wimmelt es vor unglücklichen Geistern."

„Spricht einer von ihnen mit dir?", fragte Bel.

Das Orakel schüttelte den Kopf. „Noch nicht.

Zumindest macht sich keiner bemerkbar. Viele von ihnen sind zu ausgemergelt und verblasst, um sich groß dessen bewusst zu sein, was um sie herum los ist. Vielleicht tritt noch einer vor. Im Augenblick glaube ich, dass sie abwarten, um zu sehen, was wir tun.“

„Das würde ich gern selbst wissen“, murmelte Eva Pia zu.

„Dieser Ort wirkt ziemlich ägyptisch“, merkte Carling an. Die Vampyrin war an eine Säule getreten, strich mit den Fingern leicht über die geschnitzte Oberfläche. „Es ist den aufwendigen Mausoleen unseres Volkes ziemlich ähnlich, die wir für unsere Gottkönige bauten. Die Sprache ist auch ähnlich. Ich kann sie fast, aber nicht ganz lesen. Wenn ich ein paar Monate hätte, bin ich sicher, ich könnte sie übersetzen.“

„Ich spüre keine aktive Magie“, erklärte Morgan der Gruppe. Er marschierte durch die riesige Kammer, so locker, als würde er in Paris entlang der Champs-élysées laufen. „Aber das heißt nicht, dass keine Gefahr besteht. Es könnte magische Fallen geben.“

„Wenn das in irgendeiner Art meiner ursprünglichen Heimatstadt ähnelt, dann *gibt* es magische Fallen“, erwiderte Carling. „Sie wurden aufgestellt, um wertvolle Dinge zu schützen, wie etwa Diener, die man vergiftet und hier begraben hat, um sich um ihren Herrn zu kümmern, Gefäße mit einbalsamierten Organen, oder Nahrungsvorräte. Bei einem Grab dieser Größe und Ausstattung wäre ich nicht überrascht, wenn es irgendwo eine Schatzkammer gäbe. Dieser Raum würde all die Dinge enthalten, die der Verstorbene braucht, um ein komfortables Leben nach dem Tod zu führen.“

„Wo ist der Sarkophag, den Sie und Dragos entdeckt

haben?", fragte Morgan Pia.

Sie deutete in die Dunkelheit. „Dort hinten."

Noch war niemand bereit, ein Hexenlicht zu wirken, sodass weitere Knicklichter gebraucht wurden, und die Gruppe formierte sich ganz natürlich zu einer engeren Anordnung, während sie durch den von Schutt übersäten Gang gingen.

„Ich kann irgendwie die Geschichte, die sich da bisher abspielt, nicht nachvollziehen", murmelte Bayne. „Weshalb sollte Nummer 4 seine Kollegen umbringen, hier herabklettern und dann verschwinden? Als er als Wache angefangen hat, wurde sicher sein Hintergrund überprüft. Er kannte jene, die er getötet hat. Sie waren vermutlich befreundet, oder zumindest Bekannte. Nach ihren Schichten haben sie sicher zusammen ein Bier getrunken. Dann plötzlich flippt er aus und ermordet sie? Das passt nicht zusammen. Wir sehen noch nicht das ganze Bild."

„Vielleicht war auch er, wie Pia gesagt hat, besessen", schlug Rune vor.

„Vielleicht." Bayne klang nicht überzeugt. „Wir wissen, dass es dazu kommen kann. Doch Dragos ist nicht in Schwierigkeiten geraten, bis er und Pia hier herabkamen. Nummer 4 musste die anderen töten, *bevor* er hier herabstieg. Als plausibles Motiv für einen Mord gefällt es mir also nicht."

Pia gefiel es auch nicht. Ihr gefiel gar nichts an diesem zweiten Ausflug in die Hölle. Ihr gefiel es nicht, sich von ihrem Peanut verabschieden zu müssen — selbst wenn er inzwischen nahe an Dragos' Größe von über zwei Metern heranreichte und in seiner Wyr-Gestalt an die einer Sechssitzer-Cessna. Es gefiel ihr nicht, ihn ins Unbekannte einem unbekannten Mörder nachjagen zu lassen, während ihr Partner von den Ketten mit dem Annullierungszauber gefesselt blieb und besessen war vom unheiligsten Arschloch, dem sie jedes Pech gehabt hatte, zu begegnen … zumindest in diesem Jahr.

Sie ertrug es nicht mehr, und ihre Entschlossenheit fiel in sich zusammen.

„Bayne." Sie sprach harscher, als sie vorgehabt hatte. Als der Wächter herumwirbelte, um ihr seine ganze Aufmerksamkeit zu schenken, taten es auch alle anderen. „Mir gefällt nicht, dass Liam allein aufgebrochen ist. Wir haben alle einander, doch er hat niemanden bei sich. Normalerweise wäre irgendein Wachmann sicher kein Gegner für ihn. Teufel, wir wissen alle, dass eine Armee aus tausend Wachen kein Gegner für ihn wäre – normalerweise –, doch wir begreifen nicht wirklich, was hier vorgefallen ist, oder weshalb Nummer 4 getan hat, was er getan hat." Sie schaute Bayne scharf in die Augen. „Vielleicht bin ich übervorsichtig, aber könntest du zu ihm gehen, bitte?"

„Ich glaube, das sollten Sie", sagte Morgan, als Bayne einen Blick zu ihm warf. „Ich brauche keinen Partner. Wie Pia sagte, wir haben alle einander, und ich spüre kein Bedürfnis, allein herumzustreifen. Vorsicht ist besser als Nachsicht."

„Bin dabei." Bayne nickte ihr zu, lief zurück zu dem Bereich unter dem Loch, verwandelte sich in seine Greifengestalt und stieß nach oben.

Ich kann mir Liam richtig vorstellen, sagte Pia telepathisch zu Eva. *Mooooom! Aber ich konnte einfach nicht anders.*

Nein, das sagt er nicht, erwiderte Eva. *Das ist die Reaktion eines Kindes – das ist, was Peanut getan hätte. Liam ist klug und vernünftig, und er wird die Gründe einsehen, wenn Bayne auf ihn aufholt. Wächter arbeiten genauso oft zusammen, wie sie allein arbeiten. Du machst dir heftige Sorgen wegen nichts, Süße.*

Danach holte sie zum ersten Mal tief Luft, seit sie an der Baustelle angekommen waren. Eva hatte recht, und Pia warf ihr einen dankbaren Blick zu. *Wie lange, glaubst du denn, sind wir schon hier unten?*

Die Frau zuckte mit den Schultern. *Vielleicht fünfzehn Minuten? Liam hat keinen großen Vorsprung. Bayne hat sicher in einer Viertelstunde auf ihn aufgeholt. Ganz bestimmt.*

Okay.

Während die Gruppe weiterging, kam der riesige, stark verzierte Sarkophag in Sicht. Goldfunken glitzerten im Gegenlicht der Knicklichter, und ein Schutthaufen und riesige herabgefallene Steine hatten ein Ende beschädigt, sodass er aufgebrochen war.

Pias Herz begann zu hämmern. Zum Teil war sie wütend auf sich. In letzter Zeit war sie nichts als ein Bündel aus strapazierten Nerven und hastigen Gedanken.

„Wenn Nummer 4 den Vorsatz hatte, einen Schatz zu stehlen, hat er sich nicht sonderlich klug angestellt", sagte Rune trocken. „Wenn ich mich nicht irre, sind unter dem altem Staub Edelsteine eingelassen. Er hätte sie und das Gold herauspuhlen können und wäre als reicher Mann seiner Wege gegangen."

„Was meinst du denn, Kleine?", fragte Graydon Pia. „Sieht alles noch genauso aus wie beim letzten Mal, als du und Dragos hier unten wart?"

„Ach, ich weiß es nicht, Gray. Ich war damit beschäftigt, in Panik auszubrechen, als Dragos zusammengebrochen ist." Sie zuckte mit den Schultern, während sie sich umschaute. „Klar, ich meine, grusliger Sarkophag, unheim- liches Geflüster in einem trockenen, unheimlichen Wind …

Moment." Ihr Blick schärfte sich, und sie marschierte hinüber zu einem der Wandbilder. Eva ging so dicht hinter ihr her, dass sie in Pia hineinlief, als diese anhielt.

„Tut mir leid", murmelte Eva.

Pia winkte ab und deutete auf das Wandbild. „Der Mittelpunkt dieses Wandgemäldes wurde zerstört. So war es vorher noch nicht. Ich war davon fasziniert. Es gab eine große Schlachtszene – man kann sie an den Seiten noch erkennen."

Die anderen joggten herüber, um sich ihr anzuschließen. Rune ging in die Knie. „Hier sind viele Schritte, und der Geruch passt zu Nummer 4."

„Pia, beschreib mal, was vorher hier war", sagte Carling. „Versuch, dich an jede Einzelheit zu erinnern. Aus irgendeinem Grund war das wichtig."

„Es war …" Pias Stimme erstarb, während sie die frischen Narben auf dem Wandgemälde musterte, und sie bemühte sich, an den vielen aufwühlenden Ereignissen vorbei zu sehen, die seither passiert waren. Der Stein wirkte, als hätte man mit einer Axt darauf eingeschlagen. „Wie ich sagte, es war eine Schlachtszene. Sehr episch. Viele Leute. Auf dem Boden gab es eine Armee, und darüber flogen geflügelte Kreaturen. Eine der Gestalten auf dem Boden war größer als die anderen. Vielleicht war es der Typ aus dem Sarkophag. Er trug eine goldene Krone und stand oben auf einem Hügel. Ich weiß es nicht, vielleicht war die Krone gemalt, oder vielleicht war sie aus echtem Gold …"

Das Flüstern wurde stärker, und die warme, trockene Luft bewegte sich, getrieben von einem ruhelosen Wind.

Bel hauchte: „O Herr und Herrin, da sind sie wieder."

„Ich sehe sie auch, ganz wie am Strand", murmelte Grace. „Sie sind herrlich!"

Pia zuckte ungeduldig mit den Schultern. „Ich weiß, ich weiß. Die Unsichtbaren sind da."

„Pffft, ich sehe gar nichts", murmelte Eva.

„Ich auch nicht", sagte Rune.

„Sie waren auch letztes Mal da", erzählte Pia abgelenkt den anderen. „Es war noch etwas auf dem Wandbild, und es liegt mir auf der Zunge, aber ich komme nicht ganz darauf."

Die Gestalt war größer als die anderen. Die größte auf der Wand …

… und sie trug eine Krone, auf der das düstere Glitzern von Gold leuchtete …

… und sie machte etwas. Etwas. Was zum Teufel ist mit dir los, Giovanni? Reiß dich zusammen.

Dann kam es ihr, und ihre Schultern sanken zusammen. „Jetzt weiß ich es wieder. Der Typ hielt ein Zepter, oder vielleicht war es eine Waffe. Vielleicht war es gar nicht so wichtig."

„Diese Szene war wichtig genug für Nummer 4, um mit der Axt darauf loszugehen", rief ihr Graydon in Erinnerung.

„Sind Sie sicher, Pia?", fragte Morgan. „Könnte es ein Schwert gewesen sein?"

„Ich schätze schon. Vielleicht?" Sie schaute den Hexer verwirrt an. „Ich bin nicht stehen geblieben, um es mir genau anzusehen."

„Ich bin mir nicht sicher, was sie tun", sagte Bel. Sie und Grace waren an eine Seite getreten und standen dicht beieinander. „Verstehst du es?"

„Ich glaube, sie wollen mit uns reden." Grace wandte sich an Pia. „Eigentlich denke ich, sie wollen mit dir reden. Einer von ihnen macht diese Geste." Grace bedeckte die Ohren mit beiden Händen, dann bot sie ihre gekrümmten Hände Pia. „Ergibt das für dich irgendeinen Sinn?"

Das zog schließlich Pias Aufmerksamkeit auf sich, die die Stirn runzelte, verwirrt, bis sie an ihre Begegnung im Wald zurückdachte. Ihr Blick huschte rasch über die Gruppe. Einige aus der Gesellschaft wussten, wie ihre Wyr-Gestalt aussah – Rune und Graydon, und Bel und Eva – doch einige wussten es nicht, und sie hatte nicht die Absicht, die anderen darüber aufzuklären.

„Vorhin hat einer von ihnen versucht, mich zu berühren", erklärte sie ihnen. „Das war für mich nicht in Ordnung, also ging ich rückwärts. Er hat die Hände so gehalten."

„Vielleicht wollte er, dass du deine Ohren bedeckst?" Grace hob eine Schulter. „So hat es auf jeden Fall für mich ausgesehen."

Bel schaute Pia in die Augen. „Wenn sie mit dir reden wollen, könnte er vielleicht irgendeinen Kommunikations-zauber anbieten."

„Mach es nicht, Pia", sagte Eva heftig. „Lass sie das nicht tun. Erste Regel des Magieklubs: Man lässt nicht von einem seltsamen Wesen einen unbekannten Zauber auf sich wirken."

Bels Miene wurde trocken. „Eva hat schon recht. Wir glauben nicht, dass sie uns schaden wollen, aber das ist nicht Grund genug, ein solches Risiko einzugehen."

„Ich kenne einen oder zwei Übersetzungszauber, die man nutzen könnte", bot Morgan nebensächlich an. „Aber meine Gefühle werden nicht verletzt, überhaupt nicht, falls Sie sich entscheiden, dass Sie mich nicht gut genug kennen, und auch mir nicht gestatten, einen Spruch auf Sie zu wirken. Vor allem will ich jedoch sehen, was in diesem Sarkophag ist."

„Das wollen wir beide", erklärte ihm Carling. „Sehen

wir mal nach." Sie warf einen Blick auf Pia. „Wenn die Unsichtbaren immer noch herumhängen, kannst du dir ein paar Minuten nehmen, um zu entscheiden, wie du dich damit fühlst, dass ein Fremder, oder fast Fremder, einen Zauber auf dich wirkt. Eva und Bel haben recht – das ist keine leichte Entscheidung."

Morgan fühlte sich besser an, als die Unsichtbaren etwas mit ihr anstellen zu lassen, doch … Pia war sich ziemlich sicher, dass sie wusste, wie Dragos dazu stehen würde. Sie glaubte einfach nur nicht, dass sie im Augenblick seine Meinung irgendwie mit einbeziehen sollte.

Sie schaute sich unbehaglich um, erhaschte einen Blick auf das Schimmern am Rande ihres Sichtfelds. „Sie sind noch da."

„Wie gut kannst du sie sehen?", fragte Grace begierig. „Für mich sind sie schwach und durchsichtig, beinahe wie starke Geister."

„Für mich ist es dasselbe", erklärte ihnen Bel.

Pia zögerte, sah aber keinen Schaden darin, es ihnen zuzugestehen. „In meiner Menschengestalt kann ich nur am Rande meines Sichtfeldes einen Schimmer von ihnen wahrnehmen, aber ich kann sie perfekt sehen und hören, wenn ich meiner Wyr-Gestalt bin."

„*Ahhh*", seufzte das Orakel. „Ich bin so neidisch. Das muss toll sein."

„Um ehrlich zu sein, war es ein wenig nervenaufreibend", murmelte Pia. „Ich halte sie fest in Schach, doch meine Wyr-Gestalt ist im Augenblick ziemlich durchgedreht." Sie biss sich auf den Daumennagel, während sie beobachtete, wie Rune, Carling und Morgan sich dem Sarkophag näherten.

Konnte es irgendetwas in diesem Gerät geben, das sie

alle drei ausschalten konnte? Das schien unwahrscheinlich, aber sie hätte sich auch in einer Million Jahre nicht diesen schrecklichen Augenblick ausgemalt, als Dragos mit Zuckungen zu Boden fiel.

In der Gruppe schien es ähnliche Sorgen zu geben. Khalil verließ erneut lautlos seine körperliche Form und umgab Grace mit einer schützenden Wolke, und Graydon trat näher an Bel.

Morgan, Rune und Carling hielten am Rande des Sarkophags inne. Morgan murmelte: „Ich glaube, es ist in Ordnung. Ihr?"

„Ich stimme zu", erwiderte Carling nach einem Augenblick. „Es gibt eine Menge magischer Überreste, aber nichts ist aktiv."

„Nummer 4 hat hier auch sein Eau de Parfum hinterlassen." Rune deutete hin. „Besonders dort, wo der Deckel und eine Ecke des Sarkophags eingebrochen sind. Ich glaube, dieser wahnsinnige Bastard ist da reingekrochen."

Zusammen hoben die drei den zerbrochenen Steindeckel hoch und stemmten ihn zur Seite. Eva murmelte: „Der hat doch bestimmt über eine Tonne gewogen. Ein Werwolf, ein Vampyr und ein Greif gehen in eine Bar, und was bekommen sie? Sie bekommen alles, was sie wollen."

Pia wollte nicht lachen. Im Augenblick war nichts witzig. Ein Schnauben entwich aus ihrer Nase. Zerrissen zwischen Entsetzen und Faszination gleichermaßen trat sie näher an den Sarkophag, und die anderen folgten ihr.

Morgan benutzte ein weiteres Knicklicht. Es beleuchtete seine ansehnlichen Züge aus einem makabren Winkel. „Sieh an, sieh an", sagte er. „Genau, wie ich es schon vermutet habe." Er schaute auf. „Es ist sicher. Ihr könnt näherkommen.“

Sie umringten den Sarkophag, schauten alle auf seinen Inhalt hinab. Darin war eine goldene, menschenförmige Hülle, deren Abdeckung verrutscht war. In der Hülle lag eine Mumie, in Stoff eingeschlagen, der grau und im Verfall ausgefranst war. Die Arme waren an den Ellbogen abgebrochen. Knochen- und Stoffstücke lagen überall verstreut.

„Es scheint, als hätte dieser Gentleman etwas in der Hand gehalten. Vielleicht ein Zepter oder einen Stab.“ Morgan schaute Pia in die Augen. „Oder vielleicht ein Schwert. Was immer es war, es ist jetzt weg.“

Rune packte die Abdeckung und stellte sie aufrecht hin. Trocken sagte Eva in Pias Kopf: *Und das waren ein paar weitere hundert Kilo. Ich glaube, meine Eierstöcke haben gerade ein leises Mäusequieken von sich gegeben. Ich mag ja in jemand anderen verliebt sein, aber tot bin ich trotzdem nicht.*

Hör auf! Pia schubste Eva an der Schulter. *Ich will im Augenblick nicht lachen.*

Ach, willst du nicht, Süße? Eva warf ihr einen Blick voller reiner, glasklarer Verruchtheit zu. *Ich kann noch tagelang weitermachen. Ich schulde dir noch was für diesen Austausch oben im Gang.*

Mein Gott, Pia liebte diese Frau. Sie hakte sich bei Eva unter, während Rune das untere Ende des Deckels auf den Rand des Sarkophags stellte. Es war ein erstaunlich schönes Stück, mit staubigen Edelsteinen und Lapislazuli bestückt. Er wischte das goldene Gesicht ab, und sie wurden still und sahen es an.

Das Gesicht zeigte große Augen, die mit Onyx eingelassen waren, einen langen, schmalen Kiefer, betonte Wangenknochen und sinnliche, üppige Lippen, die zu einem leichten Lächeln verzogen waren. Die Abbildung war so realistisch, dass in den hageren Wangen Falten waren, die den sündigen Mund umrahmten. Die flackernde Beleuchtung der Knicklichter verlieh dem Abbild eine unheimliche, naturgetreue Lebendigkeit.

Die winzigen Haare in Pias Nacken stellten sich auf. Sie wusste, wen sie da anstarrte. Sie hatte dasselbe wissende Lächeln auf Dragos' gestohlenem Gesicht gesehen.

„Was meint ihr, Leute?" Rune wischte noch einmal über das Gesicht.

Graydon legte den Kopf schief. „Ich finde, er wirkt ein wenig ironisch."

Das Flüstern im Wind wurde zu einem Zischen, und ein wildes Knurren brach aus ihr hervor. „Ich will, dass das zu Schlacke geschmolzen und ins Meer gegossen wird", fauchte Pia, und das aufmerksame Interesse auf Morgans Gesicht wurde vor Mitleid weicher.

Weiter hinten in Richtung des Senkloches fiel eine Ansammlung von Schutt und Steinen klappernd auf den Boden. Pia und die anderen wirbelten herum. Mit etwas Glück waren die Neuankömmlinge Liam und Bayne.

Eine riesige, behände Gestalt fiel von der Oberfläche herab, landete hingekauert auf dem Boden. Als er sich zu seiner vollen Größe aufrichtete, glitzerte das Licht eines Knicklichts in kurzem, schwarzem Haar.

Pia hörte ein scharfes Luftholen von ihren Begleitern, und das metallische Schaben von Schwertern, die gezogen wurden. Carling und Morgan erhoben magische Macht, die in der Luft schimmerte wie tödliche Pfeile, die auf Langbögen lagen.

Kapitel 6

D OCH SELBST AUS der Ferne, selbst in nur einem Augenblick, wusste es Pia besser. *Sie wusste es.*

Der Mann marschierte auf sie zu, seine langen Beine verringerten den Abstand, seine goldenen Augen leuchteten.

„Das wurde verdammt nochmal auch Zeit!", brüllte sie ihn an. Sie stürmte los.

Er war weit genug weg, dass sie Zeit hatte, ihre Sprintgeschwindigkeit aufzubauen. Ihre Kontrolle über ihre Wyr-Gestalt löste sich in nichts auf, und Gnade ihr Gott, sie war nicht vernünftig genug, um langsamer zu werden. Ganz gleich, wie schnell sie lief, es war nicht schnell genug, und als sie etwa vier Meter von ihm entfernt war, gab sie auf und sprang.

Er fing sie aus der Luft auf und schwang sie in einem Kreis herum, um den Schwung zu bremsen, den sie aufgebaut hatte, und er wirbelte immer noch, während sein harter Mund auf ihren traf. Sie klammerte sich mit allem an ihn, was sie hatte, Armen, Beinen, Lippen, Seele.

Es war einfach zu schlimm. Von jetzt an würden sie eben so leben müssen und überall zusammen hingehen, während sie sich an ihn klammerte wie eine Napfschnecke.

Es würde peinlich werden, aufs Klo zu gehen. Vielleicht würde im Lauf der Zeit ihre Haut miteinander verschmelzen. Sie würden zum PiaDragos werden. Oder vielleicht zum DragosPia. Ein Teil von ihr wusste, dass sie telepathisch plapperte wie eine wahnsinnige Närrin.

„Ich höre dich", flüsterte er an ihrem Mund, seine Faust in ihren Haaren vergraben, ein muskulöser Arm um ihre Hüfte geschlungen. „Ich höre alles, was du sagst. Es ist jetzt in Ordnung. Shh, Pia, hör auf zu weinen."

Sie musste ihren Mund gewaltsam lösen, um abgehackt zu schluchzen: *„Ich kann nicht aufhören, du Bastard. Mach mir niemals wieder solche Angst."*

Sein Gesicht. Sein Gesicht war alles. Er wirkte wild und entschlossen, und gleichzeitig zärtlich. Er trug sie hinüber zu einem großen Felsen, setzte sie auf den Rand. „Dann nimm dir alle Zeit, die du brauchst, und lass es heraus." Über ihre Schulter sagte er: „Lasst uns etwas Platz."

Die anderen gingen irgendwohin. Sie wusste nicht, wohin, und es war ihr egal. „Ich bin genauso wahnsinnig gewesen wie früher schon, und ich war schon des Öfteren ziemlich durchgeknallt."

„Ich weiß." Er strich ihr über die Haare und schob ihr eine Strähne aus den Augen. „Es tut mir so leid."

„Hör damit auf!" Sie schlug ihm auf die Schulter. „Entschuldige dich bloß nicht für das, was dieser korrupte, diebische, böse, fiese, kriegerische, stehlende, parasitäre, lügende Hurensohn getan hat."

„Wenn ich ihm die Glieder einzeln ausreißen könnte, würde ich das", knurrte er. Seine Augen glühten heller als jedes Knicklicht, jede Schmiede, und sein mächtiger Körper fühlte sich fiebrig heiß an, so sehr, dass sie anfing, sich zu winden.

„Du wirst allmählich zu heiß, um angefasst zu werden", sagte sie zu ihm, in einer Stimme, die jemandem, der sie nicht kannte, womöglich viel ruhiger vorkommen mochte.

Dann hob sie ihr Gesicht zu seinem und schaute ihn Nasenspitze an Nasenspitze an. „Lass es bloß nicht dazu kommen, dass ich loslasse. Das ist nicht in Ordnung!"

Er holte Luft. „Nein, ist es nicht. Warte mal."

Während er seine Macht unter seine Kontrolle zwang und wieder kühler wurde, fielen ihr allmählich die Einzelheiten auf. Er war wieder voller blauer Flecken und Blut. „Du bist in einem furchtbaren Zustand. Das kann ich nicht hinnehmen. Ich muss dich heilen."

„*PIA, NEIN!*", sagte er mit einer so rauen Dringlichkeit, dass sie innehielt. Telepathisch fügte er an: *Die anderen sind noch in der Nähe.*

Oh. Okay. Sie schniefte. Es gab keinen besseren Zeitpunkt, um sich alles von der Seele zu reden. Man sollte doch jeden Augenblick leben, als wäre es der Letzte, oder? *Ich habe dich ziemlich oft ins Gesicht geschlagen, und die Unsichtbaren haben meine Wyr-Gestalt gesehen. Und ich bin nicht stolz darauf, aber vielleicht bin ich doch eine Helikopter-Mutter.*

Was?!, fauchte er. Wut blitzte auf seinen brutalen Zügen auf.

Ich weiß! Ich habe mein Bestes gegeben. Ich wollte Liam losziehen und einen Erwachsenen sein lassen, aber dann bin ich eingebrochen und habe ihm Bayne hinterhergeschickt. Sie zupfte an seinem schmutzigen Hemd. *Ich hoffe, er ist nicht zu wütend auf mich — oh, und ich habe auch kein Kevlar angelegt, als Eva das von mir wollte.*

Wovon redest du da?

Ich zähle eine Litanei meiner Sünden auf, erklärte sie.

Vergiss das! Diese Kreaturen haben deine Wyr-Gestalt gesehen? Er schaute sich funkelnd um, sein Mund zu einem harten, skrupellosen Strich zusammengekniffen. *Ich werde eine Möglichkeit finden müssen, sie zu töten. Sie alle. Ich muss nur erst herauskriegen, wie ich sie sehe.*

Sie zerrte an seinem Hemd. *Ich bin noch nicht fertig damit, über mich zu reden.*

„Jesus Christus, verleih mir Kraft", stieß er laut aus.

Ihr Mund klappte auf. „So was hast du noch niemals zuvor gesagt. D...du bist nicht religiös. Insbesondere bist du nicht christ..."

Er nahm ihr Gesicht in beide Hände, küsste sie, und sie vergaß, was sie sagen wollte. Hier war das, was sie so dringend gebraucht hatte. Ihre Heimat. Er war ihre Heimat. Sie war seine Heimat. Sie erwiderte den Kuss mit all der Sehnsucht, die sich in ihrer entsetzten Seele angestaut hatte. Nach und nach hörte ihre Wyr-Seite auf, auf die Innenseite ihrer Haut einzuschlagen, um herausgelassen zu werden, und beruhigte sich, erfüllt von neuer Sicherheit durch die Anwesenheit ihres Partners.

Schließlich zog er sich zurück, nur weit genug, um zu flüstern: „Besser?"

„Mhm." Sie schmiegte sich an ihn.

„Für mich auch." Während er ihr über die Haare strich, sagte er telepathisch: *So sehr ich auch von dem Gedanken beeindruckt bin, zu verschmelzen und zum PiaDragos zu werden ...*

Oder zum DragosPia, unterbrach sie.

... oder zum DragosPia, fügte er mit einem leichten Lächeln an, *ich bin mir ziemlich sicher, dass du nicht wirklich deine Zeit allein im Bad aufgeben möchtest. Bist du bereit, dass ich dich auf die Füße stelle?*

Sie dachte darüber nach. *Verhandeln wir darüber.*

Oh, ich lasse dich nicht los, insbesondere nicht hier unten. Er drückte ihr einen raschen Kuss auf die Stirn. *Ich stelle dich nur auf die Füße. Wir haben ein Publikum von acht Leuten, die auf unsere Aufmerksamkeit warten.*

Mir ist egal, was sie wollen. Sie schaute finster einen

besonders dunklen blauen Fleck an, der seinen harten Kiefer verunzierte. Sie hatte alles, was sie gehabt hatte, in ihre Schläge gegeben. Hatte sie das getan?

Er warf ihr ein rasches Grinsen zu, scharf wie eine Klinge. *Mir auch, aber wir haben alle Dinge zueinander zu sagen.*

Pfft. Ein weiterer Gedanke kam ihr, und sie wedelte mit einem Finger unter seiner Nase. *Lass dich nicht — und ich möchte das wiederholen, Dragos — lass dich nicht von irgendwelchen Schätzen hier unten faszinieren.*

Er kniff skeptisch ein Auge in ihre Richtung zusammen, als ob er die Tragweite dessen, was sie gerade gesagt hatte, nicht verstehen konnte. *Allgemein gesagt sind Schätze nur unbelebtes Zeug, Pia.*

Warum mochte er sie dann so sehr? Sie wusste, was er tat. Er versuchte, eine nebensächliche Behauptung einzubringen, die er zu einem späteren Zeitpunkt weiterverfolgen wollte.

Ist mir egal. Sie begegnete seinem Blick mit einem unnachgiebigen Starren. Er musste hören, wie ernst es ihr war. *Wir haben ein wenig glitzerndes Zeug hier unten entdeckt, aber bevor du es ins Auge fasst und ganz zum Drachen wirst, musst du wissen — das ist eine Linie im Sand, die du für mich nicht überschreiten darfst.*

Er runzelte die Stirn. *So wichtig ist dir das?*

Du kannst dir alle Schätze der Welt aneignen, und ich meine damit aaaaallllle. Du kannst tauschen, spielen, mit Karten mogeln, Bankschließfächer aufstemmen und stehlen, dafür erpressen, gegen jedes Land in den Krieg ziehen, das du willst, um es bankrott zu machen, mir ist es egal. Das Zeug hier unten hat die Pest des bösen Inbesitznehmers, und du kannst nichts davon haben. Ich bin nicht ... ich bin nicht stabil genug, um damit einverstanden zu sein. Über das Haus reden wir später.

Sein Blick verdüsterte sich, als er nachdachte, und dann trat Mitgefühl hinein, während sie sprach, aber bei diesem letzten Teil gingen seine geraden schwarzen Augenbrauen zu einem scharfen Stirnrunzeln nach oben. *Das Haus?*

Sie rieb sich mit dem Handrücken über die Lippen, versuchte instinktiv, die hässlichen Erinnerungen wegzuwischen. *Er war in diesem Haus. Er hat dort Dinge getan. In unserer Küche gegessen und durch deinen Schrank gewühlt. Er hat in unserer Dusche geduscht.*

Er hat mich berührt, mich geküsst, an meiner Brust herumgegrapscht.

Vorhin hatte sie Dragos die Wahrheit erzählt — der Bastard hatte nur das getan, was sie ihm gestattet hatte, aber vor allem, weil nicht genug Zeit gewesen war, dass er sich beharrlich gezeigt hätte. Und die ganze Zeit über war ein Teil von ihr mit der Frage beschäftigt gewesen, was sie vielleicht hätte tun müssen, falls er das geworden wäre.

Bei ihren Worten wurde der Zorn, der von Dragos ausströmte, beinahe unmöglich auszuhalten, während sie ihm direkt gegenüberstand. Die ausgiebige Muskulatur seines Körpers wirkte verfestigt.

Mit einer tiefen Stimme, bei der der Boden bebte, sagte der Drache: „Ich werde diesen Ort niederbrennen."

Das Beben lief durch die riesige Kammer, sorgte dafür, dass der strapazierte Stein in einem lauten Geräusch vibrierte wie ein hallender Gong. Verstreute Erde und Gesteinsbrocken rieselten herab. Ihr lieben Götter, wenn er nicht aufpasste, würde er ein weiteres Erdbeben auslösen und diesen ganzen Ort rund um sie herum einstürzen lassen.

„*Shh* — ist schon in Ordnung", flüsterte sie rasch und nahm sein tödliches Gesicht in beide Hände. „Mir geht es gut. Alles ist jetzt gut."

Wenn Dragos' mörderische Seite hervorkam, war er absolut schrecklich. Durch zusammengebissene Zähne sagte er: „Ich bin noch nicht damit fertig, über mich zu sprechen."

„Ich verstehe es, Liebling, aber wir haben hier unten Leute, die uns wichtig sind. Wir wollen sie nicht unter Tonnen von Fels und Erde begraben." Sie berührte seinen skrupellosen Mund mit unsteten Fingern. „Bitte, du musst dich zügeln."

Er zischte, das Bild seiner wilden Miene brannte sich in ihre Netzhäute. Mit einer spürbaren Anstrengung schloss er dann die Augen und atmete schwer. Als er sie wieder anschaute, war die Wildheit noch da, stand in seinem brennenden goldenen Blick, aber er hatte sie unter seine Kontrolle gebracht – vielleicht nur gerade eben. Sie wollte im Augenblick nicht, dass er noch weiteren Stress erlebte.

Sie hauchte: „Ich erbitte mir im Augenblick eine Menge von dir. Dankeschön."

Er schüttelte den Kopf, packte eine ihrer Hände und drückte sich die Finger an die Lippen. Dann half er ihr auf die Beine, ließ ihre Hand in seiner und richtete sich auf.

Die anderen hatten sich klugerweise unter dem klaren Nachthimmel an der Öffnung des Senklochs versammelt, während sie abwarteten, um zu sehen, ob der Drache noch weiteren Schaden an den Ruinen auslöste. Dragos marschierte zu ihnen hinüber, zog Pia mit sich. Er hatte nicht gescherzt, als er gesagt hatte, er würde sie nicht loslassen.

„Bericht", sagte er zu Graydon und Rune.

Da sie äußerst geübt in der Fähigkeit waren, eine Zusammenfassung abzuliefern, gaben sie ihm eine klare, übersichtliche Zusammenstellung dessen, was passiert war. Morgan und Carling brachten an einigen Stellen

Anmerkungen ein, und Grace und Bel ließen ihre eigenen nebensächlichen Beobachtungen über die Unsichtbaren einfließen.

Da Pia während der ganzen Zeit da gewesen war, ließ sie es über sich hinwegfegen, konzentrierte sich stattdessen auf die langen, harten Finger, die ihre packten, das solide Gefühl von Dragos' Anwesenheit. Nun da diese unerträgliche Anspannung lockergelassen hatte, traf sie die Müdigkeit in einer schwindelerregenden Welle. Sie kämpfte gegen den Drang an, sich auf dem schmutzigen Boden zusammenzurollen.

Nachdem er sich den Bericht angehört hatte, ging er mit ihnen zurück zum Sarkophag und schaute sich das goldene Bild einen langen, pulsierenden Augenblick lang an.

Sie beobachtete ihn und flüsterte telepathisch: *Alle Schätze der Welt können dir gehören, sie stehen dir frei, nur nicht dieser.*

Ein Muskel an seinem angespannten Mundwinkel zuckte. *Ich stimme zu. Dieses Stück Hybris wird nicht überdauern dürfen.* Einen Finger nach dem anderen ließ er behutsam ihre Hand los.

Dann bewegte er sich so rasch, dass er verschwommen wurde, sprang auf den Sarkophag und ließ die Faust auf den Kopf der Mumie niederhämmern, zerschmetterte sie so fest, dass Stücke aus Knochen und Stoff herumflogen. Grace und Bel zuckten zurück, doch Pias Aufmerksamkeit wurde von Rune und Graydon auf sich gezogen, die da standen und Dragos anerkennend beobachteten. Die Wächter waren schon immer auf Dragos' wildere Seite eingeschwungen gewesen.

Als Dragos sich aufrichtete und sich zurück zu ihr wandte, sagte sie: „Ich bin da ganz bei dir, aber nur damit du es weißt, ich lasse mich von dir nicht wieder berühren, bis du diesen Mumienstaub abwäschst."

Er grinste. Er sah allmählich ruhiger aus; endlich fühlte sie sich auch ruhiger. Sie waren zurück auf dem Weg in die Normalität.

„Da das wie ein ganz guter Zeitpunkt wirkt, um damit anzufangen, Fragen zu stellen, wie haben Sie sich befreit?", fragte Morgan.

Dragos sprang vom Rand des Sarkophags herab. „Ich bin aus seinen Illusionen entwischt. Er hat eine Falle gestellt, ich habe eine Falle gestellt. Sobald ich einen festen Griff um seine Anwesenheit hatte, habe ich angefangen ihn … mit Drachenfeuer zu verbrennen."

Morgans Augenbrauen zogen sich zusammen, während er zuhörte. Der Hexer wirkte fasziniert, aber immer noch nicht ganz aufgeklärt. „Das war ein Kampf, während Sie beide körperlos waren?"

„Korrekt."

„Auch wenn ich mir nicht sicher bin, dass ich Ihre Methode verstehe, freue ich mich, dass sie funktioniert hat."

Pia war keine Zauberin, aber sie glaubte, dass sie begriff, was Dragos meinte. Wenn der Drache Feuer spie, war es nicht nur eine körperliche Flamme, sondern eine, die von Macht erfüllt war. Sie erinnerte sich daran, in seine Augen geschaut zu haben, als er besessen gewesen war, und zu wissen, dass es nicht Dragos war, der zu ihr zurücksah. Das Feuer in seinem Geist hatte gefehlt, diese heißglühenden, goldenen Augen waren getrübt gewesen.

„Also ist er jetzt tot", drängte Rune. „Richtig?"

Dragos warf einen Blick zurück zu der zerschmetterten Mumie. „Er war bereits tot. Seine – Anwesenheit, Seele, wie immer man es nennen möchte – kam mit dem Drachenfeuer nicht zurecht, also ist er geflohen. Von diesem Zeitpunkt an ging es ziemlich rasch, Aryal, Grym und Quentin davon zu überzeugen, dass ich wirklich wieder ich war, also haben sie mich befreit."

Khalil wandte sich zu Grace. Der Dschinn sagte: „Bestätige das, bitte."

Grace blinzelte. „Ich weiß nicht, was du von mir bestätigt haben willst."

„Ist er jetzt im Reich der Geister?"

„Ich kenne seinen Namen nicht", sagte Grace. „Und da er so gefährlich gewesen ist, wäre es mir sowieso nicht geheuer, zu versuchen, ihn zu rufen. Und so oder so, falls ich das tue, muss er nicht kommen, wenn er das nicht will." Sie warf einen Blick auf Dragos. „Und da Dragos die Möglichkeit hat, ihn zu verletzen, bin ich mir ziemlich sicher, dass er das nicht wollen würde."

Graydon kniff sich in den Nasenrücken. „Also haben wir keinen sicheren Beweis, dass der Bastard wirklich weg ist."

„Nein." Dragos betonte das Wort besonders scharf.

Pia rutschte das Herz in die Hose. Nein, nein, nein. Das wollte sie gar nicht hören.

„Eine Annahme", sagte Morgan. Er begann im Kreis um die Gruppe zu gehen.

Der Hexer wirkte so ruhig wie immer, interessiert und angeregt. In seinem Bereich war er ein hoher Meister, und einen geistesabwesenden Augenblick lang stellte Pia sich vor, wie faszinierend es wäre, seine Leidenschaft völlig auf sich gerichtet zu sehen, völlig darin involviert zu sein. Sidonie war eine glückliche Frau.

Telepathisch sagte sie zu Eva: *Obwohl ich ganz und gar glücklich damit beschäftigt bin, Dragos zu lieben, haben meine*

Eierstöcke auch gerade ein leises Mäusequieken von sich gegeben.

Evas Blick huschte zu ihrem.

Ich mag ja gepaart sein, aber ich bin nicht tot, fügte Pia an. Sie hob die Schulter zu einem ganz leichten, winzigen Schulterzucken, und die Überraschung auf Evas Miene wandelte sich rasch in ein Lachen.

„Wir haben Nummer 4, der etwas Komplexes und sehr Konkretes getan hat", sagte Morgan. „Etwas sehr Zielgerichtetes, das drastisch und brutal außerhalb seines normalen Verhaltens lag. Er wusste, dass er hier herabkommen musste. Er wusste, dass er beschädigen sollte, was er beschädigt hat. Er wusste, dass er nehmen sollte, was er genommen hat. Wie hätte er womöglich etwas darüber wissen sollen?"

„Darauf gibt es nur eine Antwort." Dragos verschränkte die Arme. „Man hat es ihm gesagt."

„Genau", erwiderte Morgan. „Man muss ihn darüber in Kenntnis gesetzt haben. Und wer war der Einzige, der all das getan haben könnte?"

„Ich", knurrte Dragos. „Oder wen er für mich gehalten hat."

Morgan hob eine Augenbraue in Dragos' Richtung. „Auch richtig. Bayne war durch die Taten und das Motiv von Nummer 4 verstört, aber sie werden durchsichtiger, wenn man bedenkt, dass Dragos – oder das dachte zumindest Nummer 4 – ihm eine klare Reihe von Anweisungen gegeben haben könnte, denen er folgen sollte. Falls Nummer 4 ein guter Wyr-Soldat war, hätte er hochmotiviert sein sollen, den Befehlen des Lords seiner Domäne zu folgen. Obwohl ich moralische Bedenken bei jemandem habe, der so einfach seine Kollegen und Kameraden auf Befehl eines anderen tötet, ist das das einzige Szenario, das passt."

Düsteres Verständnis dämmerte auf Runes, Carlings und Graydons Zügen, während Bel einfach nur angewidert wirkte.

Eine Gänsehaut stellte sich auf der nackten Haut von Pias Armen ein. Sie rieb heftig darüber. „Aber wann sollte er das getan haben, und warum? Er war damit beschäftigt, sich auf die Strandparty vorzubereiten, und dann haben wir ihn gestellt."

Graydon sagte zu ihr: „Dragos ist zusammengebrochen, und als er zu sich kam, sagtest du, du hättest sofort gewusst, dass es nicht er war. In dem Augenblick, an dem ihr an die Oberfläche kamt, haben wir angefangen, Pläne zu fassen. Was, wenn wir da nicht die Einzigen waren?"

„Denkt über Folgendes nach", sagte Morgan zu der Gruppe. „Unser Gottkönig lag hier zahllose Jahre lang tot herum, war aber nicht weg. Dragos und Pia waren wohl seine erste Gelegenheit auf Freiheit seit Jahrtausenden, darum hat er sich darauf gestürzt. Ich erzähle euch das ganz frei, meine neuen, äußerst charmanten Freunde – wenn ich festgestellt hätte, dass ich Dragos in Besitz nehmen muss, wäre mir das extrem unangenehm gewesen."

Ein hartes Lächeln spielte um Dragos' Mundwinkel. „Sie könnten es nicht, nicht, wenn ich Sie kommen sehe."

„Ich könnte es, wenn Sie mich nicht kommen sehen", erklärte ihm Morgan. „Denn das ist geschehen, oder nicht? Er ist ein erfahrener, fähiger Magieanwender. Er hat Sie überrascht, und das war seine Eintrittskarte. Aber falls ich es gewesen wäre, wäre mir das aus vielerlei Gründen unangenehm gewesen – Ihrem Alter, Ihrer Willensstärke, Ihrem Wesen, Ihrer Intelligenz und Ihrem Wissen über Magie. Wenn Sie eine Burg wären, und ich hätte Sie eingenommen, wären Sie ein sehr schwieriges Terrain, um es zu halten. Und das würde ich wissen, denn ich kenne die Magie sehr gut, genauso wie unser Gottkönig. Darum würde ich nicht davon ausgehen, dass ich die wertvolle Immobilie halten könnte, die ich gerade eingenommen habe. Und ich würde Pläne für die Stellung fassen, auf die ich mich zurückziehen kann, nur für den Fall, dass ich weichen muss."

„Scheiße, scheiße, scheiße", murmelte Graydon. „Und genauso, wie wir etwas über ihn herausgefunden haben, hat er etwas über uns herausgefunden."

„Pia hat eine Szene beschrieben, in der eine Gestalt ein mächtiges Objekt in einem Kampf mit übernatürlichen Wesen benutzt hat. Dieses Zepter, der Stab, das Schwert — was immer es ist — muss der Fokuspunkt der Magie unseres Gottkönigs sein", sagte Morgan. „Je mehr er damit gearbeitet hat, umso mächtiger ist es wohl geworden. Er hat es bestimmt zu seinem Seelengefäß gemacht."

„Davon habe ich schon einmal gehört", murmelte Carling. „Ich habe sogar ein paar dieser Zauber gelesen, aber ich habe noch niemals eines erschaffen."

„Ich auch nicht", erklärte ihr Morgan. „Vor allem, weil es keine gesunde Vorgehensweise ist. Falls und wenn ich sterbe, will ich, dass meine Seele in das Universum entlassen wird, um weiterzuziehen zu dem, was auch immer nach dem Tode kommt. Vielleicht ist es die Wiedergeburt, oder der Himmel, oder die Hölle, oder vielleicht ist es nichts."

Grace lächelte. „Es ist nicht nichts, das verspreche ich."

Er verbeugte sich vor ihr. „Was immer es sein mag, ich weiß sicher, dass ich nicht in einem Gefäß auf alle Ewigkeit festsitzen möchte."

Pia hatte sich im Verlauf dieser Unterhaltung allmählich

immer übler gefühlt. Sie beugte sich vor, die Hände auf die Knie gestützt, und stöhnte: „Und Liam ist hinter Nummer 4 her – und Bayne ist ihm gefolgt."

„Ich habe genug gehört." Dragos marschierte hinüber, wo das Seil immer noch von der Stelle hing, an der Graydon es vorhin herabgeworfen hatte. Er schaute über die Schulter zu Pia. „Kommst du mit?"

Sie sprang zu ihm. „Aber so was von."

Dragos war in seiner Wyr-Gestalt zu groß, um sich zu verwandeln und aus dem Senkloch zu fliegen, ohne größeren Schaden anzurichten. Er winkte Pia, damit sie auf seinen Rücken stieg und huckepack mit ihm nach oben kam. Sobald er sich versichert hatte, dass sie sich festhielt, zog er sich am Seil hinauf. Als Werwolf hatte Morgan keine Flügel zum Fliegen, darum folgte er ihnen, und auch Eva machte es so. Die anderen stiegen auf Rune und Graydon in ihren Greifengestalten und flogen nach draußen.

„Wir müssen eine Suchmannschaft auf die Beine stellen", erklärte Dragos den anderen.

Noch während er sprach, rauschten Flügel. Nicht die überweltlichen Flügel aus irgendeiner halb wahrgenommenen Dimension, sondern echte Flügel, die heiße, staubige Luft in ihre Gesichter bliesen. Mit zusammengekniffenen Augen schaute Pia rechtzeitig auf, um Bayne und Liam über ihnen schweben zu sehen.

Bayne landete punktgenau in der Nähe. Liams Drachengestalt war so viel größer, dass er umkehren und zu einem freigeräumten Bereich auf der anderen Seite des Senklochs fliegen musste, wo er sich in seine Menschengestalt zurückverwandelte, dann lief er zu ihnen.

„Danke, danke, danke", flüsterte Pia jedem Gott zu, der lauschen mochte.

„Du bist frei", sagte Liam zu Dragos.

„Das bin ich. Es ist schön, dich wiederzuhaben." Dragos umarmte ihn.

Dann wandte Liam sich an Pia. Sie warf ihm die Arme um den Hals. „Ich habe mir solche Sorgen gemacht, und ich bin so froh, dich zu sehen. Was ist mit Nummer 4 passiert?"

Liam schüttelte den Kopf. Bayne sagte: „Wir haben ihn nicht erwischt. Als ich Liam eingeholt habe, flog er an der Küste entlang. Der Bastard ist ein Wyr, darum weiß er, wie man seinen Geruch verhüllt, wenn es nötig ist." Zu Pia sagte er: „Ich weiß, dass es schwierig sein kann, zu warten, bis man etwas hört, darum sind wir zurückgekommen, um euch auf den neuesten Stand zu bringen. Das wird keine schnelle oder einfache Jagd."

Dragos sagte: „Aryal, Quentin und Grym sind zurück zum Haus gegangen, um sich frisch zu machen und zu warten."

„Ich hole sie", bot Graydon an.

Liam schaute zu Pia. „Ich habe Hunger."

„Okay, Liebling", sagte sie. „Geh zurück zum Haus und hol dir was zu essen. Es gibt tonnenweise Zeug. Ich kann deinen Vater nicht verlassen."

Liam nickte. Er strich Pia über die Haare, betastete noch ein wenig die Enden, dann ging er weg.

Kapitel 7

ALS GRAYDON IHM schon folgen wollte, erklärte ihm Dragos: „Wenn ich nochmal darüber nachdenke, gehen wir doch alle zurück und versammeln uns dort. Ich will mir den Mumienstaub abwaschen und mir was Frisches anziehen."

„Klingt gut", sagte Graydon.

Pia warf einen Blick zum Himmel, der sich schon durch die Morgendämmerung aufhellte. Der Betrüger hatte sich mit genügend Essen auf der Strandparty vollgestopft, darum war Dragos' Körper kürzlich versorgt worden, aber sie hatte niemals diesen Smoothie bekommen, den Liam ihr hatte machen wollen.

Es war beinahe vierundzwanzig Stunden her, dass es ihr möglich gewesen war, irgendetwas Nahrhaftes hinunterzuwürgen, und sie hatte nicht nur eine Menge Energie aufgebraucht, sie hatte sich auch Milch für Niall abgepumpt.

Sie fühlte sich allmählich ausgehöhlt und schwindlig. So sehr sie auch wollte, dass der Eindringling für immer vernichtet wurde, war ein Teil von ihr erleichtert wegen Dragos' Entscheidung. Sie brauchte einfach ein paar verdammte Minuten, bevor wieder etwas passierte.

Sie folgten Liam zurück, und das Haus wurde ziemlich schnell übervoll, da alle gleichzeitig dort waren. Ein paar Leute schweiften auf die Terrasse vor dem großen

Schlafzimmer hinaus, was Pia dazu brachte, Dragos einen sarkastisch finsteren Blick zuzuwerfen, und er kam zurück. Es war gut, eine so eng verbundene Gemeinschaft zu haben, aber das bedeutete auch, dass sie in nächster Zeit nicht unter vier Augen sein würden.

Wir brauchen ein größeres Haus, erklärte er ihr telepathisch. *Und zwar sofort.*

Ich weiß. Sie strich über die lange, mächtige Krümmung seines Rückens. *Wir brauchen ein Haus so groß, dass jeder dort einen eigenen Raum haben kann, und dann würde es ihnen nicht mal auffallen, wenn wir gehen und unser echtes Heim aufsuchen.*

Sowohl Hunger als auch Erheiterung glitzerten in seinem düsteren Blick. *Ich will nicht so lange warten, bevor wir die Jagd wieder aufnehmen, sonst würde ich dich ins Bad schleppen und alle anderen zum Teufel gehen lassen.*

Vergiss diesen Gedanken nicht. Wir kommen bald darauf zurück. Während sie seine Arme wegschob, damit er nicht vergaß, sie nicht mit der Mumienpest an den Händen zu berühren, stellte sie sich auf die Zehenspitzen und küsste ihn rasch.

Er knurrte tonlos, vertiefte den Kuss, ehe er sich zurückzog. Frust verhärtete seine Züge.

An dieser Stelle war sie bereits so hungrig, dass sie sich allmählich schwach fühlte. „Ich muss was essen.“

„Geh“, sagte er sofort. „Ich bin in fünf Minuten da.“

Sie begab sich in die Küche, wo Liam an der Anrichte stand und Sandwiches mit Rindfleisch verschlang. Aryal, Quentin und Grym waren auch da, tranken Bier und verspeisten eine große Platte mit Chicken Wings und Hühnerschenkeln.

Quentin ließ das Essen stehen, um sie zu umarmen, und sie lehnte sich dankbar an ihn. „Die Dinge, die du und ich erlebt haben, seit wir uns auf diese Bande eingelassen haben", flüsterte sie.

Seine Brust bebte, als er lautlos lachte. „Ja, die Dinge, die wir erlebt haben. Ich freue mich, dass es dir gut geht."

„Vielen Dank." Sie küsste ihn auf die Wange, dann trat sie zurück und sagte zu allen: „Danke für alles."

Aryal nickte, und Grym neigte seine Bierflasche in ihre Richtung. Sie würden niemals über das reden, was sie getan hatten, das wusste sie. Was im Klub der Wächter passierte, blieb im Klub der Wächter. Und das in Ordnung war für Pia. Sie musste nicht alle Einzelheiten dessen kennen, was sie Dragos in diesem Zelt am Strand angetan hatten.

Sie schnappte sich Saft aus dem Kühlschrank, trank ihn durstig direkt aus der Karaffe, und als der Zucker ihren Stoffwechsel erreichte, fühlte sie sich beinahe sofort besser. Dann sammelte sie, ohne groß nachzudenken, vegane Speisen zusammen – einen Teller mit Zimtplätzchen, eine Schale mit Nudeln, und eine weitere Schale mit Salat – und stellte sie auf die Anrichte.

„Nun, da Dragos nicht mehr besessen ist, sollten wir darüber nachdenken, nach New York zurückzukehren", sagte Grym. „So spaßig eine Ungezieferjagd auch klingt, dafür brauchen sie uns nicht."

„Ich will irgendwie bleiben", erwiderte Aryal. Die Harpyie nuckelte das Fleisch von einem Chicken Wing. „Mir gefallen Ungezieferjagden. Ich habe bei dieser Hafenermittlung nur recht wenig zu tun."

Grym murmelte: „Ich habe so viele Berichte auf meinem Schreibtisch, dass sie intelligent geworden sind, ihre eigene Zivilisation aufgebaut haben und sich schon vermehren. Tatsächlich vermehren sich schon ihre Kinder." Er lächelte Pia an. „Wo wir schon dabei sind. Es tut mir leid, dass wir es verpasst haben, deinen kleinen Irren zu sehen. Du freust dich bestimmt schon darauf, ihn wieder nach Hause zu holen.“

„Kann für mich nicht schnell genug gehen“, sagte sie, den Mund voller Keks. Ah, Kohlehydrate. „Sobald wir dieses Ungeziefer gestellt haben und wissen, dass es wieder sicher ist. Alle Eltern hier sind bestimmt nervös und erpicht darauf, ihre Kinder zurück aus dem Versteck zu holen.“

„Wo sind die Kinder nochmal?“, fragte Liam nebenbei.

Grym zuckte mit den Schultern. „Ist nicht unser Arbeitsbereich.“

Pia sah stirnrunzelnd auf ihren halb gegessenen Keks hinab, dann schaute sie Liam an. War es in Ordnung, dass er das gefragt hatte? Wie konnte es in Ordnung sein, dass er das gefragt hatte? Sie hatten doch gerade erst darüber gesprochen, als er sie auf der Waldlichtung gefunden hatte. Liam hatte der Entscheidung zugestimmt, den Aufenthaltsort der Kinder geheim zu halten.

Entsetzen gab es auf vielerlei Art. Manchmal traf es wie ein Blitz. Zu anderen Zeiten übernahm es den Körper wie eine langsame, kriechende Fäulnis.

Sie starrte die hochgewachsene, anmutige Gestalt ihres wunderschönen Sohnes an, während Übelkeit in ihr brodelte und das Blut in ihren Adern pulsierte. Dieser schreckliche Verdacht … das war bestimmt eine posttraumatische Belastungsstörung, richtig? Bayne hatte gesagt, er hätte Liam gefunden, wie er an der Küste entlangflog. Sie hatte Liams Drachengestalt selbst gesehen, als er neben der Baustelle gelandet war.

Dieser Alles-Dieb war kein Wyr. Er hatte sich niemals Dragos’ Wyr-Fähigkeiten angeeignet. Aber wie Graydon gesagt hatte, genauso wie sie etwas über ihn erfahren hatten, hatte er etwas über sie erfahren.

Und dieser Dieb mochte zwar kein Wyr sein, doch Liams Körper war einer.

Mit hämmerndem Herzen ließ sie ihr Essen stehen und ging hinüber, um sich neben Liam an die Arbeitsfläche zu lehnen. „Mmm", sagte sie lächelnd. „Dein Sandwich riecht gut. Kann ich mal beißen?"

Er bot es ihr an.

Das Sandwich war mit Rindfleisch.

Sie schaute in seine blauen, aufmerksamen Augen.

Er war sehr schnell, das musste sie ihm zugestehen. Er hatte wohl die Erkenntnis auf ihrem Gesicht gesehen und bemerkt, dass er einen Fehler gemacht hatte. Noch während sie zurückwich und den Mund öffnete, um zu schreien, riss er sie hart an seine Seite, zog sie von den Beinen.

Er vergrub die Finger an der Rückseite ihres Kopfes in ihren Haaren und knurrte den anderen zu: „Bleibt zurück, oder ich breche ihr das Genick."

Die Wächter hatten sich schon auf ihn stürzen wollen. Sie blieben stehen.

„Darum hasse ich Überraschungen und mag keine Weihnachtsgeschenke!", brüllte die Harpyie.

Quentin schaute Pia in die Augen. In seinem Blick standen Entsetzen und Wut. „Aber er ist geflogen."

„Ich weiß." Sie setzte sich wild zur Wehr, doch der Eindringling besaß Liams Kraft und Schnelligkeit. Er riss ihren Kopf gewaltsam zurück, und sie würgte und wurde reglos.

Das Haus zog in einem chaotischen, verschwommenen Abbild vorbei. Es war ein kurzer Marsch aus der Küche ins Wohnzimmer. Da ihr Kopf so weit nach hinten gezwungen war, konnte sie kaum etwas sehen, nur kurze Abrisse aus den Augenwinkeln.

Rufe, Stühle, die über Holz schabten. Jemand – Graydon, dachte sie – packte Liams Schulter, doch der Eindringling wirbelte herum, krachte in eine Wand, schob sich davon weg, um durch die Eingangstür zu brechen, die in Einzelteile zerbarst.

Der Aufprall trieb ihr die Luft aus der Lunge. Während sie darum kämpfte, Luft in ihre strapazierte Kehle zu bringen, versuchte sie einen Arm zwischen sie zu stoßen, während sie das Handgelenk der einen Hand packte, die in ihre Haare vergraben war.

Er zischte ihr ins Ohr: „Ich schwöre vor allen Göttern, ich werde dir sämtliche Glieder einzeln ausreißen, vor deinem Partner, wenn du nicht stillhältst. Denk nur daran, wie glücklich mich das machen würde. Seit wir uns begegnet sind, hast du nichts als Ärger gemacht, du verräterische Schlampe."

Er könnte es. Er war stark genug, um sie mit bloßen Händen auseinanderzureißen.

Dragos schoss aus dem Haus, barfuß, ohne Hemd und in einer Jeans, bewegte seinen gewaltigen Körper mit tödlicher, mächtiger Geschwindigkeit. Sie hätte ihn unaufhaltsam wie einen Schnellzug genannt – das hatte sie schon oft zuvor getan –, doch als sein Blick auf sie fiel, kam er ruckartig zum Stehen.

Die anderen strömten hinter ihm nach draußen. Sie erhaschte einen Blick auf Baynes von Entsetzen gezeichnete Miene. „Ach du Scheiße. Er war noch in seiner Drachengestalt. Er ist geflogen."

Der Eindringling, der in Liams Körper steckte, wirbelte herum, um zum Haus zu schauen, und Dragos, Bayne und die anderen verschwanden aus Pias Sichtfeld. Während der

Eindringling rückwärtsging, fing er an zu lachen. „Dieser Körper ist erstaunlich. Genau wie deiner es war, Dragos. Unfassbar stark. Die Gerüche, die Anblicke – die *Geräusche*." Er schüttelte Pia wie eine Puppe. Sie spürte, wie eine Rippe brach, und schrie kurz auf, ehe sie sich zusammenreißen konnte. „Sag ihnen, sie sollen aufhören, mich zu umzingeln."

„Hört auf", sagte Dragos.

Stille senkte sich über die Lichtung.

„Er ist ganz genauso stark wie du, dein Sohn", sagte der Eindringling. „Aber er hat noch nicht deine Erfahrung mit Magie. Er weiß noch nicht, dass der Kampf gegen den Schlafzauber ihn verstärkt. Jetzt, auf die Knie."

Die Stille wurde tödlicher, schwer beladen durch die Verheißung von Gewalt und Tod. Pia musste Dragos nicht sehen, um zu wissen, dass er sofort auf ein Knie fiel.

„Sehr gut", sagte der Eindringling. „Alle anderen machen dasselbe – hervorragend. Ich bin jetzt euer Herrscher. Sagt es, alle."

Die Worte hallten über die Lichtung. Pia hörte die Lüge, die in vielen Stimmen erklang. Jeder, der im Haus anwesend gewesen war, sagte es …

Bis auf Morgan und Sidonie. Sie waren auch da gewesen, hatten sich mit den anderen im Wohnzimmer aufgehalten. Wären sie auf der Lichtung gewesen, bezweifelte sie nicht, dass sie die Worte mit allen anderen gesprochen hätten.

Wo waren sie? Sie konnte sich nicht umsehen, um ihre Theorie zu bestätigen, doch trotz allem lächelte sie.

„Diese Fesseln, die ihr benutzt habt, um mich zu binden", sagte der Eindringling. „Ich will sie. Holt sie jetzt."

„Wir haben sie nicht mehr", erwiderte Aryal, und Pia

hörte auch darin die Lüge. „Da wir sie nicht mehr gebraucht haben, haben wir sie zurück nach New York geschickt."

„Das ist nicht das, was ich hören will." Der Eindringling verstärkte den Griff um Pias Brustkorb, und ein weiterer Knochen brach. Die Welt wurde grau. „Holt sie jetzt."

„Geht", sagte Dragos.

Jemand rannte von der Lichtung. Pia beobachtete die Wolken des frühen Morgenhimmels über sich. Es gab sonst nichts, was sie tun konnte. Oder doch?

Der Eindringling sagte kalt: „Ich habe nicht gesagt, dass ihr aufstehen könnt."

Telepathisch fragte Dragos: *Wie schlimm bist du verletzt?*

Zwei Rippen. Nicht schlimm. Die gebrochenen Rippen brannten wie Schüreisen, die man ihr in die Seite gestoßen hatte. Um ihre Gedanken davon abzulenken, konzentrierte sie sich auf den Himmel, der voller Unsichtbarer war.

Bleib stark, Pia, sagte er. Die Sanftheit seiner telepathischen Stimme stand im völligen Gegensatz zu der Wut, die von der Lichtung ausströmte wie von einer unsichtbaren Sonne. *Ich hole dich da raus.*

Das weiß ich, erwiderte sie.

„Dir ist klar, wenn du sie tötest, gibt es nichts mehr, das mich zurückhält", sagte Dragos.

„Ja, das ist mir klar", spie der Eindringling aus. Er rückte weiter vom Haus ab. „Darum brauche ich diese Fesseln. *Bleibt zurück!* Ich will sie vielleicht nicht töten – vorerst –, aber mir würde es sehr viel Spaß machen, ihr wehzutun. Jede blasphemische Verbrennung und Prellung, die deine Diener mir angetan haben, werde ich ihr antun. Sie hat es gewagt, sich mir entgegenzustellen, und ich werde sie unter meinem Stiefelabsatz zertreten und Pestilenz auf euch alle herabregnen lassen, die ihr meinen heiligen Ruheort …"

„Himmelherrgott, halt dein Scheißmaul", fuhr Pia ihn an.

Ihre Wyr-Gestalt flippte schon seit einer geraumen Weile aus, und sie ließ den Wahnsinn Wurzeln schlagen. Sie schlang die Beine um seine Hüfte, legte ihm einen Arm um den Nacken und beschwor eine wilde Kraft tief aus ihrem Rückgrat herauf, um den Kopf freizubekommen.

Brennender Schmerz flammte auf ihrer Kopfhaut auf, als sie eine Handvoll Haare in seinem Griff zurückließ. Sie fuhr mit dem Kopf herum und versenkte die Zähne in sein Ohr. Es tut mir so leid, mein kleiner Junge.

Liams Blut füllte ihren Mund, und die Welt drehte völlig durch.

Schreiend versuchte der Eindringling, ihren Kopf wegzuziehen. Sie klammerte sich mit allem an ihn, was sie hatte, Arme, Beine, Zähne. Er bekam die Finger um ihren Hals und drückte zu, schnitt ihr die Luftzufuhr ab.

Dann stürzte sich Dragos auf sie. Als sie auf dem Boden aufkamen und ihre gebrochenen Rippen aneinander mahlten, strömte der Schmerz über sie wie eine hoch aufgetürmte Flutwelle.

Mit der Dunkelheit kam die Erleichterung.

Kapitel 8

D RAGOS HATTE NUR zwei Dinge im Sinn: den Bastard davon abzuhalten, mit Magie zu kämpfen, und seine Hand von Pias verletzlichem Hals wegzubekommen.

Mit der flachen Hand hackte er mit brutaler Präzision auf den Nerv in Liams Unterarm, gleich unter dem Ellbogen. Der Eindringling verlor den Halt um Pias Hals. Gleichzeitig spie Dragos einen Annullierungszauber aus, der über Liams Körper hinwegströmte, und Zorn blitzte in Liams blauen Augen auf.

Wie lange würde der Annullierungszauber halten?

Nicht lange. Ein gesprochener Zauber war nicht dasselbe wie einer, der in einer Fessel verankert war. Er hatte im besten Fall wenige Augenblicke.

Pias Arme und Beine wurden schlaff, und ihr Körper sank herab.

Nein, Baby. Nein, Baby. Nein.

Dragos fing ihren herabhängenden Kopf in der Armbeuge auf, versuchte, ihr Rückgrat zu stützen. Es war eine unmögliche Aufgabe, während der Eindringling sich auf sie warf, und sie alle drei rollten in einem Knäuel über den Boden.

„Der Himmel möge mein Zeuge sein, ich breche ihr das verdammte Rückgrat!", brüllte der Eindringling. Er stieß die Handwurzel in Dragos' Gesicht.

Hätte er Dragos direkt erwischt, hätte das Dragos' Nase in sein Gehirn getrieben und ihn umgebracht. Doch Dragos war mit diesem Manöver viel zu vertraut und riss den Kopf zur Seite, sodass der Eindringling stattdessen seinen Wangenknochen brach.

Sein mörderischer Instinkt brüllte ihn an, dem Eindringling einen Schlag in die Kehle zu verpassen, aber es war *Liams* Körper. Der Hieb würde *Liams* Luftröhre zermalmen. Heilige Scheiße.

Stattdessen stürzte Dragos sich auf den Arm des Eindringlings, den er immer noch um Pias Oberkörper geschlungen hatte. Er warf sich auf den Rücken und fuhr herum, stemmte Füße und Hüften gegen den Boden und zog an Liams Arm, kämpfte mit all seiner Kraft darum, den Griff des Eindringlings um Pia zu lösen.

Der Eindringling brüllte gequält auf, drehte sich und hob ein Knie, um es an die Seite von Dragos' Kopf zu schmettern. Dann schlossen sich die anderen dem Kampf an.

Rune stürzte sich wie ein Meteorit auf die Beine des Eindringlings, nagelte ihn mit seinem Oberkörper fest, und Graydon und Bayne kamen auch ins Spiel, griffen um Dragos und Pia herum, um Liams Arm zu schnappen und ihre Kraft einzusetzen, um ihn zu lösen. Quentin warf sich auf den zuckenden Haufen, nahm beide Hände, um Pias Kopf vor Schlägen zu schützen.

Dann erhaschte Dragos einen Blick auf Khalil, der auf sie zukam, seine langen, dunklen Haare wurden über sein Gesicht geweht und verhüllten zum Teil seinen leuchtenden, diamantartigen Blick. Als er Pia eine Hand auf die Schulter gelegt hatte, verkündete Khalil: „Ich werde diese hier jetzt entfernen."

Die Macht des Dschinns wuchs an, und ein Wirbelsturm zog über sie hinweg. Als er erstarb, waren sowohl er als auch Pia fort.

Brüllend bäumte sich der Eindringling auf und trat um sich. Liams Körper war so stark, dass er Rune und Dragos abwarf. Sofort sprang Dragos auf die Beine und stürzte sich zurück in den Kampf ...

Er spürte es sofort. Der Annullierungszauber löste sich auf, und Liams menschlicher Körper schimmerte und verwandelte sich in den Drachen, dessen riesige Gestalt den ganzen Platz einforderte. Immer noch brüllend wirbelte der weiße Drache herum und schlug mit riesigen, tödlichen Klauen auf die Kämpfenden ein.

Graydon ließ sich fallen und rollte weg. Ein Schlag hob Quentin in die Luft. Er wurde in einen Baum geschmettert und fiel herab wie ein Stein. Ein weiterer erwischte Bayne am ganzen Oberkörper. Baynes Blut spritzte in Dragos' Gesicht.

Es gab andere Geräusche, Schreie und Gebrüll. Andere Magie. Am entfernten Ende der Lichtung arbeiteten Eva, Bel und Carling über Pias daliegender Gestalt, während Khalil und Grace zu ihren Füßen standen und Wache hielten. Eva kniete an Pias Kopf, hielt ihn mit den Händen. Er konnte Pias Blut riechen.

Warum gab es Blut?

Dragos warf sich selbst in die Verwandlung, und alles um ihn herum wurde kleiner. Katzenschnell wirbelte der weiße Drache herum, um sich ihm zu stellen.

Die Wirklichkeit erwischte Dragos wie ein weiterer heftiger Schlag.

Sein ganzes boshaftes Leben lang hatte er keinem Feind wie diesem gegenübergestanden. Sie waren gleich groß. Sie waren gleich stark.

Und es war sein Sohn.

Der weiße Drache krümmte sich, die Schwingen ausgebreitet und der Schwanz peitschend, und bleckte lange, messerscharfe Zähne. Er zischte: „Wenn ich wüsste, wie man Feuer speit, würden sie bereits brennen. Ich mag es ja noch nicht wissen, aber ich schwöre, ich werde es herausfinden.“

„Du kannst diesen Kampf nicht gewinnen“, sagte Dragos kalt. Im Inneren war er starr vor Schreck. Telepathisch brüllte er: *LEBT SIE?*

Bel sah zu ihm auf. *Ja.*

JA war eine so schrecklich unzulängliche Antwort. Er musste wissen, was los war, und sehnte sich danach, dort hinüber zu eilen, doch er wagte es nicht, sich von der Bedrohung abzuwenden, die vor ihm stand.

„Das ist mein Land“, knurrte der weiße Drache. „*Mein Land*, hörst du? Ich beherrsche dieses Reich. Jeder, der bleibt, ist mir unterworfen!“

„Du bist eine Seuche“, fauchte Dragos. Aus dem Augenwinkel sah er, wie weitere Wächter sich in ihre Wyr-Gestalten stürzten, bis drei Greifen, ein Gargoyle und ein schwarzer Panther die beiden Drachen umstanden. Der Panther humpelte, und einer der Greifen war blutüberströmt, aber sie waren alle kampfbereit. Die Wächter hielten ihre Aufmerksamkeit direkt auf den weißen Drachen gerichtet, beobachteten ihn mit berechnenden Raubtieraugen. „Du bist tot, und dein Reich ist mit dir gestorben.“

Der weiße Drache kniff die Augen zusammen. „Verlasst dieses Land, und ich werde euch und die anderen am Leben lassen“, knurrte er.

„Ich verhandle nicht mit Terroristen." Dragos ging um den anderen Drachen herum, entfernte sich von dort, wo Pia und die anderen Frauen waren, und der Eindringling drehte sich mit ihm.

Komm schon, Liam. Bekämpfe ihn, Sohn.

„Nein? Dann freue ich mich darauf, eure versteckten Kinder zu finden." Der weiße Drache schaute auf seine eigene Gestalt hinab. „Dieser Körper hat einen gewaltigen Appetit. Ich bin mir sicher, ihre zarten kleinen Körper werden unbeschreiblich köstlich sein."

Dragos konnte sich beinahe vorstellen, was Pia gesagt hätte, wäre sie bei Bewusstsein gewesen. *Heilige Scheiße, er quatscht immer noch.* Er stimmte ihr zu. Er hatte mehr als genug gehört.

Während er sich vorstürzte, kauerte sich der weiße Drache noch weiter zusammen und stieß sich in die Luft empor. In einer Drehung griff Dragos nach dem anderen Drachen. Seine Klauen fuhren über Liams Hinterbein, doch er verfehlte es knapp.

Gerade da lief Aryal auf die Lichtung. Sie trug einen Rucksack. Als er sich umschaute, war ihr Blick von Empörung erfüllt. „Ich habe euch so viel Zeit gegeben, wie ich für vertretbar hielt. Was zum Teufel ist passiert?"

Dragos vibrierte vor widersprüchlichen Bedürfnissen. Er musste dem anderen Drachen nachjagen, doch er musste noch mehr nach Pia sehen. „Folgt ihm, greift ihn aber nicht an", sagte er zu den anderen Wächtern. „Ich hole euch dann ein."

Der schwarze Panther sprang auf Baynes breiten Rücken, und der geflügelte Wyr schoss in den Himmel. Aryal wirbelte herum, wirkte frustriert. Solange sie die Fesseln mit dem Annullierungszauber trug, konnte sie sich nicht in ihre Wyr-Gestalt verwandeln und sich ihnen anschließen.

Schließlich rannte sie dorthin, wo Eva sich hinkauerte und warf ihr den Rucksack zu. Eva machte keine Regung, um ihre Hände wegzunehmen, die Pias Kopf stützten, aber sie wandte ihr Gesicht ab. Der Rucksack traf sie an der Schulter.

„Bewach das", befahl Aryal.

„Au! Scheiß auf dich, du beschissene Irre", fuhr Eva sie an. „Siehst du denn verdammt nochmal nicht, dass ich hier helfe, jemandes Leben zu retten? Ich nehme keine Scheiß-Befehle von dir an!"

Ohne sich die Mühe zu machen, etwas zu erwidern, verwandelte sich Aryal in ihre Harpyen-Gestalt und eilte den anderen Wächtern nach.

Während dieses Austauschs verwandelte Dragos sich in seine Menschengestalt und rannte hinüber, um sich an Pias Schulter zu knien. Rund um ihren Kopf war so viel Blut, und Evas Hände waren davon getränkt. Sie würden das Blut verbrennen müssen, damit keine Spur mehr davon übrig blieb. Er schob diesen Gedanken beiseite.

„Was ist passiert? *Was ist passiert?*" Behutsam legte er ihr eine Hand auf die Brust, über das Herz.

Bevor er sein Bewusstsein in ihren Körper versenken konnte, um selbst nachzusehen, hob Bel seine Hand mit einem sanften Zupfen an, löste seine Aufmerksamkeit von Pias blassem, reglosem Gesicht. Er war nicht sicher, ob er sich das von irgendjemandem sonst hätte bieten lassen, aber Bel war Pia wichtig, darum konzentrierte er sich auf das mitfühlende Gesicht der Elfenfrau.

„Obwohl das Blut schrecklich aussieht, ist es nicht wichtig", erklärte ihm Bel. „Als Pia ihn angegriffen hat, hielt er eine Handvoll von ihrem Haar. Sie hat sich die Kopfhaut ausgerissen, um sich aus seinem Griff zu lösen." Sie warf ihm ein schwaches, trockenes Lächeln zu. „Eine Tat, die sehr viel Entschlossenheit benötigte, und es war bestimmt quälend, aber es ist nicht lebensbedrohlich. Die ernsten Verletzungen sind innerlich. Er hat sie bei lebendigem Leibe zermalmt. Er hat ihr vier Rippen gebrochen, sie hat eine Verletzung an der Wirbelsäule und ein paar Organschäden. Carling arbeitet gerade daran, sie zu heilen."

Das war alles, was er zu hören ertragen konnte. Er entzog sich Bels Griff, strich die verklebten Haare aus Pias Gesicht zurück und versenkte sein Bewusstsein in ihrem Körper. Düster beschäftigte er sich mit jeder ihrer Verletzungen, doch Bel war mit ihrer Beschreibung sehr exakt gewesen.

Eine ihrer Nieren … Er war sich nicht sicher, ob man sie retten konnte, und er wischte sich den Mund mit einem flauen Gefühl im Bauch ab. Er war verführt, den Bemühungen seine Macht hinzuzufügen, aber er war schlauer, als sich jemandem aufzudrängen, der mitten in einer komplizierten Heilung steckte.

„Wann kann sie aufwachen?", fragte er.

„Dragos", sagte Grace ganz sanft. Das hübsche Gesicht des Orakels war von Tränen überströmt, ihre Augen erfüllt von der Tiefe und Schwärze der Göttin Nadir. „Ihr Körper lebt, aber ihre Seele ist nicht dort."

Er schüttelte heftig den Kopf. Diese Worte …

Sie waren unvorstellbar.

„Was zum Teufel sagst du da?"

„Ich sage, dass wir ihre Seele bitten müssen, zurückzukehren", erwiderte das Orakel. „Und ich glaube, es ist egal, ob du religiös bist oder nicht, denn ich denke, wir müssen beten.“

Der Boden rund um Dragos rauchte. Er sprang auf. Dann griff er telepathisch weiter aus, als er es jemals zuvor getan hatte. *Azrael.*

Ich bin hier, Bruder. Zum ersten Mal bemerkte Dragos, dass der Gott des Todes unter dem Schatten eines Baumes in der Nähe stand. Niemandem sonst schien seine Anwesenheit aufzufallen.

Nur eine konnte Dragos in dieses extreme Grauen stürzen. Aus zahlreichen Königreichen und Ländern und Epochen, aus einer endlosen Reihe aus übergroßen Schurken und Magiern und kleinlichen Tyrannen voller Gemeinheit und Gier, nur eine.

Nur eine.

Und ironischerweise wäre das letzte, was sie jemals wollen würde, ihm eine solche Angst einzujagen. Aber es geschah jedes Mal, wenn ihr Leben in Gefahr war. Wenn man jemanden so verzweifelt liebte und mit ihm gepaart war – dann bezahlte man dafür einen hohen Preis.

Und er bezahlte ihn gerne, und er würde ihn immer wieder bezahlen, doch geheiligte Götter, lasst sie einfach nur zurückkehren.

War das ein Gebet?

Er marschierte hinüber zu Azrael. *Gib sie zurück, gottverdammt. Sie ist meine Partnerin. Sie ist mein Leben. Ihr Körper funktioniert noch. Du musst sie zurückkehren lassen.*

Ich habe sie nicht, Dragos. Im grünen Blick des Todes lag Bedauern. *Sie ist jetzt in einem anderen Reich.*

ALS PIA DIE Augen öffnete, lag sie in den Armen eines Seraph, der unten am Stamm eines riesigen Baumes kniete. Ihr fragender Blick wanderte von dem edlen, strahlenden

Gesicht, das sich über ihres beugte, zu den vielen Flügeln, die aus seinem Rücken erwuchsen.

Sie hatte keine Ahnung, was sie damit anfangen sollte, darum schaute sie sich den Stamm des Baumes an, doch er wurde immer breiter, verlor sich auf beiden Seiten in der Ferne. Und sie hatte keine Ahnung, was sie damit anfangen sollte, darum wanderte ihr Blick nach oben zu dem verworrenen Dach aus Ästen und Blättern über ihr.

Der Baum füllte den Himmel, soweit das Auge reichte. Er war groß wie ein Berg, vielleicht größer. Etliche leuchtende Seraphim flogen zwischen den Ästen.

Oh, wie herrlich …

Es war zu großartig, um es lange anzuschauen. Nachdem sie ein paar Augenblicke lang zugesehen hatte, ertrug sie es nicht länger. Sie wandte den Blick ab, suchte nach vertrauten Orientierungspunkten, weil sie sich irgendwie erden wollte.

In der Ferne tanzte eine anmutige Gestalt. Sie oder er hatte lange, schwarze Haare. Während sie … er? sier? sich drehte, wirbelte ihr … sein? Haar um ihn … sie herum, erschuf immer wieder neu eine unendliche Anzahl an Mustern. Die tanzende Gestalt war so faszinierend, unbeschreiblich schön.

Weil sie sich überwältigt fühlte, strömten Tränen Pias Wangen hinab. Sorgsam wischte der Seraph sie ab.

„Habe ich Halluzinationen?", fragte sie.

Sie hob die Hand, um die eigene Wange zu berühren. Erst da fiel ihr auf, dass sie ihren Verhüllungszauber nicht trug, und ihre Haut glühte in der zarten Perlmuttfarbe des Mondes.

„Leuchtende", sagte der Seraph mit seinen vielen Stimmen, die wie das tiefe Läuten einer Glocke klangen.

„Willkommen in unserem Reich. Wir sind äußerst erfreut, Euch hier willkommen zu heißen."

Die Vielfalt der Stimmen löste Schwingungen durch sie hindurch aus, und sie spürte, wie sie vibrierte wie eine Stimmgabel. Und es entging ihr nicht, dass sie den Seraph nun verstehen konnte. Hatte er einen Kommunikations-zauber auf sie gewirkt, oder war das die Macht, wenn man an diesem Ort war?

„Euer Reich ist sehr schön, aber ich bin nicht absichtlich hergekommen. Das muss irgendeine Art Fehler sein." Sie schob sich hoch, und der Seraph half ihr zum Sitzen an der Wurzel des Baumes auf.

„Wir lachen, wir weinen, und wir lernen. Es gibt niemals einen Fehler", erwiderte der Seraph. „Wir erflehten es uns von unser Herr-und-Herrin, und sier gewährte unsere Fürbitte, dass Ihr kommt."

Ihr und Euch? Sier? Fürbitte? Sie konnte nicht halluzinieren. Ihr Gehirn hatte nicht die Kapazität, sich so etwas auszudenken. Sie betastete ihren Hinterkopf und drückte sich eine Hand an die Seite. Sie spürte keinen Schmerz, keine Erschöpfung und auch keinen Hunger. Tatsächlich hatte sie noch nie in ihrem Leben besser gefühlt. „Wer ist euer Herr-und-Herrin?"

Der Seraph deutete auf den-die Tänzer-in, der-die zu einem Sprung ansetzte, der unfassbar faszinierend zu beobachten war. Pia wischte sich übers Gesicht, das irgendwie wieder feucht geworden war.

„Okay", sagte sie. „Ich sehe, dass sier beschäftigt ist. Wann hört sier auf, damit ich mit sier darüber reden kann, nach Hause zurückzukehren?"

Der Seraph wandte seinen Blick ihr zu. „Sier hört nicht auf. Die-der Tanzende tanzt das Universum ins Dasein. Wir kümmern uns um den Baum und huldigen dem Tanz. Das ist unser Privileg und unser Zweck."

Die-der Tanzende tanzt …

Zitternd fragte sie: „Sagst du, dass das Taliesin ist?"

Für die alten Völker waren die sieben Urmächte die Dreh- und Angelpunkte des Universums. Taliesin, die Gottheit des Tanzes, war die erste unter den Urmächten, denn alles tanzte, die Planeten und alle Sterne, andere Götter, Menschen, Moleküle, alles. Tanz war Veränderung, und das Universum war stets in Bewegung.

Dann gab es Azrael, den Gott des Todes, Inanna, die Göttin der Liebe, Nadir, die Göttin der Tiefen oder das Orakel, Will, den Gott der Gaben, Camael, die Göttin des Herdfeuers, und Hyperion, den Gott des Gesetzes.

Die sieben Götter existierten in einem Pantheon der Mythen, doch Pia war Azrael schon mehr als einmal begegnet, hatte mit ihm gesprochen und ihn ins Gesicht geschlagen, als sie Wehen gehabt hatte, und er sah haargenau so aus wie Dragos, der bei den alten Völkern als die Große Bestie bekannt war.

Dragos tat das ganze Thema gern mit einem Schulterzucken ab, indem er sagte, dass es alle möglichen extrem mächtigen Wesen gab, die wunderbare, magische Dinge tun konnten, darunter auch Pia, und er hatte recht. Und ehrlich gesagt fühlte sie sich bei dem ganzen Thema äußerst unbehaglich, darum war sie genauso froh, es nicht anzufassen und einfach ihr Leben zu leben.

Doch dieser Ort – das ging weit über alles hinaus, was sie je erlebt hatte oder über alles, was sie sich hätte vorstellen können. Das Gras unter ihnen Beinen war außergewöhnlich, faszinierend grün. Das Licht im alterslosen Blick des Seraph war endlos einnehmend, und sie hatte das Gefühl, sie könnte auf ewig in seine Augen schauen. Dieses Reich war so intensiv lebendig und echt, dass sich der Rest ihres Lebens dadurch blass und weit entfernt anfühlte.

Sie wollte nicht, dass sich der Rest ihres Lebens blass und weit entfernt anfühlte. Zum Großteil war sie glücklicher, als sie es sich auch im Traum je hätte vorstellen können. Sie vergötterte ihren Partner, und sie liebte ihren … sie liebte ihre Kinder. Mit einem von ihnen stimmte etwas nicht, oder? Wie hießen sie noch?

Panik ließ ihre Gedanken auseinanderstieben. Während sie aufsprang, richtete sich auch der Seraph auf und wandte sich an sie. „Ich muss zurück", sagte sie dringlich. „Dieser Ort – er ist unfassbar, aber er tut meinem Verstand etwas an, und gerade wollten wir die Namen meiner Kinder nicht einfallen. Das tun sie noch immer nicht. Meine Kinder – habe ich Jungen oder Mädchen? Ich weiß es nicht mehr. Ich liebe sie mehr als mein Leben. *Das ist inakzeptabel, hörst du mich?"*

„Wir hören es und verstehen es", erwiderte der Seraph. „Jene, die unser Reich aufsuchen, wollen früher oder später all ihre vorherige Existenz aufgeben und bleiben. Bei Euch würden wir das begrüßen, wenn Ihr es wünscht."

„Vielen Dank, aber ich wünsche *nicht*, mein Leben aufzugeben!"

„Dann lauscht, während ich Euch eine wichtige Geschichte erzähle, denn wir haben nicht viel Zeit." Der Seraph nahm ihre Hände. „Einst gab es einen sehr mächtigen und bösen Herrscher. Sein Name war Senusret. Er wollte Dinge, die ihm nicht zustanden. Er beschwor einen meiner Brüder in sein Reich – in Euer Reich – und tötete, was niemals getötet werden sollte."

„Er hat einen Seraph getötet?"

Er neigte zur Antwort den Kopf, und über ihm erhoben alle Seraphim die Stimmen zu einem Schrei. Dieses Geräusch … sie wollte auf die Knie fallen unter dem Gewicht dieser Tragödie und schaffte es kaum, sich aufrecht zu halten. „Es tut mir leid, dass ihr diesen Verlust erleben musstet.“

„Unser Bruder ist vom Tanz des Lebens abgeschnitten“, erklärte ihr der Seraph, seine Züge waren von Trauer durchwirkt. „Senusret fesselte seine Seele, um einen Gegenstand mit unvergänglicher Macht zu erfüllen. Wir können uns kein schrecklicheres Schicksal vorstellen. Wir haben versucht – Jahrtausende lang haben wir versucht – einen Weg zu finden, um die Brücke zu überqueren und die Seele unseres Bruders nach Hause zu bringen. Dann bezeugten wir, wie Euer Volk eintraf. Wir wussten, dass Senusret nur schlief, und falls er gestört würde, würde seine Bosheit erneut erwachen, darum haben wir versucht, die Aufmerksamkeit Eures Volkes auf uns zu ziehen und Euch zu warnen. Doch ohne Erfolg. Nun, da er wieder erwacht ist, ist kein Reich vor seiner unersättlichen Gier sicher.“

„Senusret“, sagte sie und probierte den merkwürdigen Namen aus. „Ich habe ihn den Alles-Dieb genannt.“

„Neben Euren mannigfaltigen Gaben seid Ihr eine Wahrsprecherin.“ Der Seraph legte einen Finger zwischen ihre Augenbrauen, und die Macht seiner Berührung erfüllte ihren Verstand mit Licht. „Leuchtende, wir flehen Euch an – bitte helft, die Seele unseres verlorenen Bruders nach Hause zu bringen.“

Sie nahm die lange, merkwürdige Hand des Seraph in ihre beiden. „Ich werde für euch mein Bestes geben, aber erst müsst ihr mich zurückschicken.“

Kapitel 9

A LS SIE ERNEUT zu Bewusstsein kam, hörte sie zwei Stimmen leise sprechen.

„Niemand von uns hätte das vorhersehen können", sagte der Tod. „Dass der Drache, der endlos besitzergreifend war und die materiellen Schätze der Welt mehr liebte als alles andere, soweit kommen würde, dass er sich auf ewig nach etwas sehnen würde, das er niemals wirklich festhalten konnte: der Seele einer anderen. Alle Dinge sterben, Bruder. Früher oder später sterben sie alle."

„Geh mir verdammt nochmal aus den Augen, du morbider Bastard." Dragos' Stimme klang abgehackt und sehr müde.

Sie wurde sich weiterer Dinge bewusst. Dragos hielt sie auf dem Schoß, ihr Kopf lag in seiner Armbeuge. Die Sonne war hoch genug aufgestiegen, um den Vormittag heiß werden zu lassen. Von ihm gehalten zu werden, war ihr das Liebste auf der Welt. Sie hätte etliche Stunden vertrödeln können, indem sie einfach nur an seiner Seite war.

„Ich wusste, sie würde dein Verderben sein", sagte der Tod. „Ich wünschte einfach – ich wünschte, du hättest dich nicht verliebt."

„Weshalb?", fragte Dragos. „Das hast du doch auch einmal."

„Ja, und sie ist gestorben. Und ich bin kein Wyr. So oder

so, es geschah vor langer Zeit. Es ist eine alte Geschichte."

Sie hatte noch nie zuvor gehört, wie Dragos und Azrael sich auf diese Weise unterhielten, und sie hatte Angst, was sie als nächstes sagen könnten. Als sie die Augen öffnete, musterte sie Dragos' markantes Profil. Er wirkte ... verödet. Unaussprechlich einsam.

„Er hat unrecht", sagte sie und beobachtete, wie auf Dragos' Zügen Leben aufflammte. „Du kannst mich immer festhalten."

Sein Körper spannte sich an, doch er hielt sie, als wäre sie aus Glas geblasen. Dann standen Tränen in seinen Augen. Dragos weinte niemals. „Ich dachte, du wärst weg."

„Es tut mir so leid." Sie schlang ihm einen Arm um den Hals. „Das war ich, aber jetzt bin ich zurück."

Es wird lange Zeit dauern, bis sich das bessert, erklärte er ihr telepathisch.

Diese Zeit und so viel mehr werden wir haben, flüsterte sie.

Seine geistige Stimme war beinahe unhörbar. *Schwör es.*

Ich schwöre es bei meinem Leben. Sie küsste ihn auf die Wange, auf das Kinn, die Lippen. Er legte den Mund über ihren, atmete ihren Atem ein, seinen aus. Teilte das Leben. Es war so vertraut wie alles, was sie jemals geteilt hatten. Schließlich zog sie sich zögerlich zurück und fragte laut: „Wo ist Liam?"

„Er hat sich in einen Drachen verwandelt und ist weggeflogen. Die Wächter spüren ihm nach, wohin er auch geht. Ich habe ihnen gesagt, ich würde sie einholen, aber ich kann dich noch nicht verlassen." Er drückte ihr die Lippen auf die Stirn.

„Jetzt kann ich mit dir kommen."

Heftig sagte er: „Nein. *Auf gar keinen verdammten Fall*, Pia. Der einzige Ort, an den du gehst, ist ein Krankenhausbett, das schwer bewacht ist."

Sie griff nach einer Strähne seines kurzen, seidigen Haars und schlang sie sich um die Finger. „Das sehe ich anders."

„Du bist fast gestorben! Teufel auch – deine Seele hat deinen Körper verlassen!" Zorn vibrierte in ihm.

Aber sie kannte ihn sehr gut, und sie wusste, dass sein Zorn eigentlich von Angst rührte. „Ja, naja, das war eigentlich Absicht." Als er den Kopf zurückkriss und sie zu gleichen Teilen wütend und ungläubig anstarrte, hob sie rasch eine Hand. „Nicht meine! Ich habe es nicht getan! Das waren die Seraphim, denn sie hatten etwas zu sagen. Der Name unseres Diebes lautet Senusret. Vor langer Zeit hat er einen von ihnen beschworen und getötet und seine Seele in seinem Stab da gefangen, um ihn mit der Macht eines Seraph anzureichern. Sie wollen die Seele ihres Seraphs zurück, und ich habe gesagt, ich würde ihnen helfen. Da ist noch mehr …" Sie hielt inne, dachte an den Baum und den die Tanzende. „Ehrlich gesagt bin ich zu überwältigt, um darüber zu sprechen."

„Du erzählst mir alles", sagte er mit aufflammender Eifersucht. „Jeden Atemzug, den du getan hast. Jedes Wort, das du gesagt, alles, was du gedacht hast. Du darfst dich nicht so weit von mir entfernen, ohne dass du dafür bezahlst."

Er war so wild, dass sie beinahe lächeln wollte. Beinahe, denn sein Schmerz war noch zu frisch und noch zu offen. „Das tue ich, ich verspreche es. Aber das ist nicht dringlich, und Liam schon."

Er nahm sie an den Schultern. Seine Hände waren nicht völlig ruhig. „Du. Bist. Beinahe. Gestorben. Es gab Schäden an der Wirbelsäule. Organschäden. Du hast dir die Haare ausgerissen."

Mit einem Stirnrunzeln nahm sie das alles auf. Nach einem Augenblick sagte sie: „Ja, aber ich fühle mich eigentlich gut. Sollte ich mich nicht zittrig fühlen oder so was?"

„Ja, solltest du." Er kniff die Augen zusammen. „Wie gut ist gut?"

Zur Antwort rollte sie sich von seinem Schoß und auf die Beine, dann machte sie einen kleinen Sprung, um in eine „Tada"-Haltung zu gehen und mit den Fingern zu wackeln. „Offensichtlich gut."

Er erhob sich langsamer, starrte sie an. „Was machst du da?"

„Ich zeig dir meine Finger." Sie wackelte noch ein bisschen mehr damit.

Nach einem angespannten Augenblick, in dem nicht gelächelt wurde, sagte er: „Mach es nochmal."

„Was, das?" Sie hüpfte in eine weitere „Tada"-Pose, die Hände ausgestreckt. „Siehst du, was ich meine? Ich wackle mit den Fingern. Dragos, ich verstehe schon, dass es nicht so sein sollte, aber mir geht es wirklich gut. Ich fühle mich, als könnte ich einen Marathon laufen. Vielleicht war das das Abschiedsgeschenk der Seraphim."

„Ich nehme es." Er packte sie an der Hand, zog sie in eine feste Umarmung.

Als er nicht losließ, zappelte sie ein wenig. Dann wand sie sich. „Liebling, was machst du da?"

Seine Arme lösten sich, und mit offensichtlichem Zögern ließ sie los. „Grace sagte, wir würden deine Seele bitten müssen, zurückzukehren, und dass wir dann würden beten müssen. Ich bin weder im Bitten noch im Beten gut, aber ich habe mein Bestes getan. Darum dachte ich, ich sollte auch Dankeschön sagen.“

Oh, ihr Herz. Jedes Mal, wenn sie dachte, sie könne ihn nicht noch mehr lieben, ließ er es irgendwie geschehen. Sie nahm eine seine Hände und küsste sie.

Dann schaute sie sich um. Azrael war verschwunden (das war keine Überraschung; so war er eben, und so benahm er sich eben). Die Vorderseite des Hauses gleich dort drüben, das sie inzwischen so sehr hasste, war ruiniert (Hurra!). Einige ihrer Freunde (aber keiner der Wächter) waren auf dem Rasen vor dem Haus versammelt, standen oder saßen auf dem Boden und beobachteten sie.

Eva stand in der Nähe von Linwe, trug einen Rucksack (der seltsam aussah) und hielt die junge Elfenfrau an den Händen. (Ooooh, ihre Romanze hatte sich anscheinend weiterentwickelt!) Selbst aus diesem Abstand konnte Pia die Spuren der Tränen auf Evas Gesicht erkennen. Pia tat das Herz weh, als sie sie ansah.

Leise sagte sie: „Oh, meine Kleine.“

Eva löste sich von Linwe und rannte zu ihr herüber. „Ich hasse dich.“

Es ergab keinen Sinn, aber das war Pia egal. Sie hatte die wahre Botschaft darin vernommen, und es war eine aus Liebe und Schmerz. Sie umarmte Eva fest. „Das weiß ich doch. Ich habe es verdient.“

„Aber wirklich.“ Evas Stimme war rau. „Was zum Teufel war das denn für ein Kampf? Du hast dir die Haare ausgerissen – du hast ein Stück deiner Kopfhaut gelassen. Du hast ihn *gebissen*? Ich war so verdammt stolz auf dich, bis du beinahe gestorben bist. Dann war ich drüber weg.“

„Ich auch.“ Als sie an den Kampf dachte, zumindest an den Teil, während dem sie bei Bewusstsein gewesen war, erschauerte sie. „Warum trägst du einen Rucksack?“

„Wegen dieser Psycho-Harpyie", spuckte Eva aus. „Das sind die Fesseln mit dem Annullierungszauber. Ich hatte die Hände buchstäblich mit deinem blutenden Schädel voll, während Carling und Bel an dir gearbeitet haben, und wir dachten alle, du würdest sterben, und dann hat Aryal mir den zugeworfen und mir aufgetragen, ihn zu bewachen. Dafür werde ich ihr wehtun. Ich frage nicht um Erlaubnis. Ich sag dir nur, was passieren wird."

„Das klingt schrecklich. Es tut mir so leid." Sie rieb über Evas Arm, runzelte die Stirn und verlegte sich auf die Telepathie. *Wie viel habe ich geblutet?*

Ihr Blut war zu sehr von Magie erfüllt. Sie konnte es sich niemals leisten, irgendetwas davon zurückzulassen, denn wenn es von der richtigen neugierigen Person gefunden wurde, könnte enthüllt werden, was ihre Wyr-Gestalt war.

Keine Sorge deswegen. Ich habe mich darum gekümmert. Ich habe alles verbrannt, nur nicht das, was auf deinen Kleidern verschmiert wurde.

Während sie sprachen, beobachtete Pia über Evas Schulter hinweg, dass Morgan und Sidonie aus dem Haus kamen. Während sie herankamen, fragte Morgan: „Ist es inzwischen angemessen, sich zu nähern?"

„Ja", sagte Dragos. „Was ist?"

„Zunächst meinen Glückwunsch zu Ihrer Erholung", sagte Morgan zu Pia. „Wir waren zutiefst besorgt um Sie."

Neben ihm lächelte Sidonie Pia schief an und sagte tonlos: „Manchmal ist er ein wenig altmodisch."

Einen kurzen Augenblick lang zog der kleine Austausch Pia aus ihren Sorgen wegen Liam heraus, und sie fühlte sich völlig bezaubert von diesem Paar. „Vielen Dank."

„Zum Zweiten …" Morgan trug auch eine Tasche über

der Schulter, deren Reißverschluss er aufzog, um sie zu öffnen. „Als Sidonie und ich erkannten, dass unser Gottkönig Liam besessen hat, sind wir entwischt. Liam ist nämlich nicht sehr weit gekommen, bevor Bayne ihn eingeholt hat. Nicht sonderlich viel Zeit ist vergangen, und es musste viel vorgefallen sein, denn Nummer 4 ist verschwunden, und mit ihm auch das Artefakt. Ich war mir ziemlich sicher, dass sie nicht weit gekommen sein können — und ich hatte recht." Er zog einen schmalen Gegenstand heraus, der in Leder geschlagen war, und während er ihn auswickelte, stellte er sicher, dass er nicht berührte, was darin war. „Wir haben den Leichnam von Nummer 4 zusammen mit dem Artefakt in einer Höhle hoch oben auf einer Klippe gefunden. Er hatte nicht die Zeit, um etwas Komplexeres anzustellen."

Pia ging näher an Dragos heran, während sie anstarrten, was Morgan in den Händen hielt. Es war ein Zepter (natürlich war es das, denn was sonst hätte denn das Arschloch benutzen sollen?), und eine tiefe, strahlende Kraft ging davon aus. Mit einem schmerzlichen Gefühl fiel ihr die Seele des toten Seraph ein, die darin gefangen war.

„Was sagen Sie da?" Sie runzelte die Stirn. „Ich verstehe nicht."

„Folgendes ist, denke ich, geschehen", erklärte Morgan. „Unser Gottkönig …"

„Sein Name lautet Senusret", verbesserte sie ihn.

„Ist das so?" Morgans Blick war rasch und aufmerksam. „Interessant. Ich würde nur zu gern erfahren, wie Sie das herausgefunden haben. Auf jeden Fall, wie wir vorhin besprochen haben, hatte Senusret wohl seinen Rückfallplan mit Nummer 4 eingerichtet, sobald Sie beide aus dem Senkloch gezogen wurden. Und dann folgte Nummer 4 den

Befehlen. Er brachte die anderen Wachen um, holte sich das Seelengefäß und floh." Morgan wandte sich an Dragos. „In der Zwischenzeit haben Sie es Senusret so ungemütlich gemacht, dass er schließlich seine gestohlene Burg aufgab und geflohen ist. Als das geschah, wirkte das Seelenbehältnis wie ein Magnet, das ihn zu sich zurückzog. Vermutlich hat er an dieser Stelle Nummer 4 in Besitz genommen und sich das Zepter angeeignet. Zumindest hätte ich das getan, wenn ich er gewesen wäre. Dann tauchte Liam auf."

„Und von da an kennen wir den Rest." Dragos nahm das Zepter, fasste es an, wie es Morgan getan hatte, durch das Leder. „Vielen Dank, Morgan. Ihre Hilfe war außerordentlich."

„Es war mir wahrlich ein Vergnügen. Ich weiß, dass Sie Bedenken hatten, uns Asyl zu gewähren, als wir nach New York zogen. Ich bin äußerst froh, Ihnen diese Entscheidung mit jeglicher Hilfe zurückzahlen zu können, die ich beisteuern kann."

Während er das Leder zurückschlug, musterte Dragos das goldene Zepter. Pia wartete, solange sie es aushielt. Dann murmelte sie: „Er bringt Liam minütlich weiter weg. Können wir das den Seraphim geben und ihn jetzt verfolgen?"

Dragos' goldener Blick kam aus nachdenklich zusammengekniffenen Augen. „Jedes Mal, wenn er jemanden in Besitz genommen hat, war derjenige in der Nähe dieses Dings – ich, vermutlich Nummer 4, und dann Liam. Er braucht es als Anker, um von einem Körper zum nächsten zu ziehen, richtig?"

„Ja", sagte Morgan. „Nun, da er keinen eigenen lebenden Körper mehr hat, ist das Seelengefäß entscheidend."

„Wenn wir also das Gefäß loswerden, verliert er die

Fähigkeit, noch jemanden in Besitz zu nehmen. Aber was passiert, wenn das Behältnis in einem anderen Reich ist? Kann es ihn immer noch zurückziehen?"

„Ich weiß es nicht, vielleicht", gab Morgan zu. „Für eine Seele ist Entfernung etwas ganz anderes als für uns."

Dragos schaute Pia in die Augen. „Wenn wir ihnen das jetzt geben, könnte Senusret womöglich einen Seraph in Besitz nehmen. Und so oder so bin ich nicht willens, ihn in ein anderes Reich entkommen zu lassen. Ich will, dass dieses Arschloch für immer weg ist. Wir müssen eine Möglichkeit finden, ihn aus Liam herauszutreiben. Vielleicht ist er williger, wenn er weiß, dass das hier in der Nähe ist."

Behutsam sagte Morgan: „Wenn Sie die Dinge für ihn unangenehm genug machen, könnte er sich entscheiden, Liam freiwillig zu verlassen, wie er es bei Ihnen getan hat."

Dieses schlimme, schlimme Gefühl war wieder zurück in Pias Magengrube. Sie drückte sich eine Hand auf die Stirn. „Liam ist zu mächtig, und Senusret liebt die Macht zu sehr. Die einzige Art, wie er meinen Sohn verlassen würde, ist, wenn man ihn zwingt."

„Also zwingen wir ihn."

„Aber wie?"

„Wir finden eine Möglichkeit." Dragos' Züge verhärteten sich zu skrupelloser Entschlossenheit. „Wir haben die Fesseln, und wir haben das Zepter."

Etwas Unsichtbares streifte Pias Arm. Diesmal, anstatt deswegen auszuflippen, fühlte sie sich seltsam beruhigt. „Und wir haben die Seraphim, wie immer sie uns unterstützen können."

Dragos hielt ihren Blick. „Holen wir uns unseren Sohn zurück."

Kapitel 10

DRAGOS FRAGTE MORGAN: „Kommen Sie mit uns?"
Der Hexer lächelte. „Auf jeden Fall. Ich bleibe bis zum Ende bei Ihnen."

Dragos reichte ihm das Zepter zurück und verwandelte sich in den Drachen. Pia und Eva stiegen auf seinen Rücken, und nachdem er sich das Zepter wieder in die Tasche geschoben hatte, küsste Morgan Sidonie und folgte ihnen.

Mit einem Sprung in die Luft wendete Dragos, um entlang der Küstenlinie zu zischen. Er flog so schnell und fest, dass der Wind in Pias Ohren zischte. Evas muskulöser Körper schirmte sie von hinten ab, bot ihr Wärme und Festigkeit.

„Schau hinter uns", rief ihr Eva ins Ohr.

Während sie sich die Haare aus den Augen schob, sah sie hin. Die Luft war voller geflügelte Wyr, die ihnen folgten. Sie konnten nicht mit der Geschwindigkeit des Drachen mithalten und fielen rasch zurück. „Was machen sie?"

„Sie ziehen mit ihrem Herrn in den Krieg", erklärte Eva. „Ihre Domäne wurde angegriffen, und ihre Kinder sind in Gefahr. Sie haben alle nur darauf gewartet, dass Dragos etwas unternimmt."

Die Entscheidung zu fällen, gegen einen der Drachen in den Krieg zu ziehen, war äußerst mutig. Wenn es zu einem richtigen Kampf kam, würden viele von ihnen sterben.

Obwohl sie über den Anblick ihrer Treue lächelte, hoffte sie, dass sie nicht rechtzeitig ankommen würden.

Eva trug die Fesseln auf dem Rücken, und sie berührte Pia. Hieß das, dass sie auch Pia in Mitleidenschaft ziehen würden? Sie versuchte, telepathisch zu Dragos durchzukommen. *Wohin fliegen wir? Kannst du die Wächter noch kontaktieren?*

Die telepathische Reichweite der meisten ging nicht über drei Meter hinaus, und das schon im besten Fall, doch Dragos' Reichweite erstreckte sich über ein paar hundert Meilen. Und offensichtlich war sie weit genug von den Fesseln entfernt, denn Dragos erwiderte: *Ja. Graydon sagte, er wäre zu einer Klippe geflogen und kurz oben gelandet, dann hätte er sich wieder erhoben und hier entlangbewegt. Er hat angehalten, um sich das Zepter zu holen.*

Jetzt weiß er, dass es weg ist. Pia kniff die Augen zusammen und versuchte, zu denken wie ein böser Megalomane. Senusret musste wissen, dass sein Zepter nicht von einem zufälligen Dieb gestohlen worden war. Dafür war sein voreiliges Versteck zu abgelegen. *Und er weiß, dass wir es haben. Seine Verzweiflung muss gerade noch ein paar Stufen zugenommen haben.*

Und er hat keine Erfahrung damit, Liams Körper zu benutzen. Graydon sagt, er fliegt nicht so schnell, wie ich oder Liam es normalerweise können. Die Wächter können ihn ziemlich mühelos in ihrer Sichtlinie halten.

Sie erschauerte, froh um Evas starken Arm, der sich um ihre Taille legte. *Wenn sie ihn sehen können, kann er sie auch sehen, was seine Verzweiflung ebenfalls erhöht.*

Nicht unbedingt. Sie verhüllen ihre Anwesenheit. Er weiß, dass man ihn verfolgen wird, aber er weiß nicht, dass sie ihm direkt auf den Fersen sind. Wilde Befriedigung lief wie ein leuchtend roter

Fluss durch seine Stimme. *Er begibt sich zum allernächsten Übergang. Und er weiß auch nicht, dass ich Wachstationen auf beiden Seiten der beiden Übergänge eingerichtet habe.*

Ihr Magen zog sich zusammen. Sie hatte dieses Gefühl allmählich satt. *Sie wissen nicht, dass Liam kompromittiert ist. Sie werden ihn durchlassen, und er könnte überallhin.*

Das wird nicht passieren. Wir holen ihn vorher ein. Aber nur, um sicherzugehen, habe ich Khalil gebeten, zu beiden Stationen vorauszugehen und sie zu warnen. Er hielt inne. *Khalil hat mir gerade erzählt, dass die Kinder am Wachposten unter Malan Weis Schutz standen. Er hilft jetzt, sie zu einem anderen sicheren Ort zu evakuieren.*

Ihr kurz aufblitzender Schrecken bei seinen Worten ließ rasch nach. So war das Leben mit Dragos eben. Während sie damit beschäftigt war, sich auf den Augenblick zu konzentrieren, war er ständig weit draußen, unterhielt sich mit mehreren Leuten, oft zur gleichen Zeit, spielte strategisch Schach.

Es war etwas, das er genoss, und er war hervorragend darin. Soweit sie wusste, waren die Einzigen, die jemals seine völlige Aufmerksamkeit bekamen, sie und ihre Kinder, und das nur, wenn keine Krise am Laufen war.

Oder wenn sie sich liebten. Sie war sich zu hundertzehn Prozent sicher, dass sie dann seine gesamte Aufmerksamkeit besaß.

Sicherlich würde der Schachmeister wissen, was als nächstes zu tun war. Ihre telepathische Stimme war voller Hoffnung, als sie fragte: *Was machen wir, wenn wir ihn einholen?*

Er war zu lange still. Dann erwiderte er: *Ich weiß es nicht.*

Die Hoffnung verging wie eine zerbrechliche Blume. Sie ballte die Hände zu Fäusten, drückte sie in das bronzene Schuppenkleid des Drachen. Das war nicht, was sie hatte hören wollen – müssen.

Nach fünfundzwanzig Meilen oder etwas mehr, in denen sie der Küste gefolgt waren, drehte Dragos in eine neue Richtung ab. Sie erkannte die Strecke. Es war dieselbe, die sie genommen hatten, als sie vom Übergang zur Siedlung geflogen waren. Kurze Zeit später schimmerte Magie, als Dragos einen Verhüllungszauber über sie warf.

Morgan, der bis hierhin leise gewesen war, sagte von hinter Eva: „Wir kommen näher."

Pias Atem bebte. Ja, sie waren nahe. Und Dragos wusste nicht, was sie tun sollten.

Ihre eigenen Worte kamen zurück, um sie heimzusuchen. Die einzige Art, wie Senusret ihren Sohn verlassen würde, war, wenn man ihn dazu zwang.

Sie mussten entweder eine Möglichkeit finden, Senusret zu töten, oder zumindest musste er glauben, dass Liam sterben würde.

Das war ja überhaupt kein Druck.

DER WEIẞE DRACHE kam in Dragos' Sichtfeld. Er war immer noch meilenweit weg, doch Dragos sah seine geradlinige, holprige Flugweise, den verhaltenen Rhythmus, in dem sich diese riesigen Flügel hoben und senkten. Nichts davon wirkte instinktiv oder natürlich.

Wie hatte Senusret auf Liams Wyr-Seite zugegriffen? Kostete es ihn etwas, die Kontrolle darüber zu wahren, genauso wie er die Kontrolle über Liams Bewusstsein wahrte?

Er hoffte es verdammt noch mal aufrichtig. Je müder Senusret würde, desto rascher würde die Konfrontation enden.

Weiter vorne, an einer Biegung des Flusses, hatten sich

die Wächter versammelt, um auf ihre Ankunft zu warten. Zu seinen Passagieren sagte Dragos: „Haltet euch fest."

Ein paar Augenblicke später neigte er sich zu einem Flug nach unten. Wann immer er Passagiere hatte, musste er fliegen, als würde er einen Honda-Minivan fahren, damit niemand herabfiel, und im Augenblick brannte er dafür, diese Einschränkung loszuwerden.

Sobald er gelandet war, glitten Eva und Morgan zu Boden, doch Pia nicht. Dragos wartete noch ein Herzschlag länger, dann sagte er zu ihr: *Du musst jetzt runter, Geliebte.*

Ich will nicht, flüsterte sie.

Er fühlte sich um ihretwillen schlecht. *Zu dieser nächsten Aufgabe kannst du nicht mit mir kommen. Genauso wie ich nicht mit dir in das Reich der Seraph kommen konnte.*

Manchmal hasse ich es, wenn du recht hast, zischte sie. Sie sprang von seinem Rücken. „Ich brauche einen Greifen!" Dann, während alle drei Greifen vortraten, sagte sie: „Nicht Graydon oder Rune. Bayne, du hast keine Partnerin. Nimmst du mich mit nach oben?"

„Natürlich." Bayne kauerte sich hin, damit sie aufsteigen konnte.

„Wir kommen trotzdem mit dir, meine Kleine", sagte Graydon mit verstimmtem Unterton.

„Nein, tut ihr nicht", sagte Dragos. „Keiner von euch. Ihr habt ihn bis hierher verfolgt. Ihr habt eure Aufgabe erledigt. Je mehr von euch auf engem Raum zusammenkommen, umso mehr Gelegenheiten wird er haben, jemand anderen in Besitz zu nehmen. Bleibt eine gute halbe Meile zurück."

Da Seelengefäße nichts waren, mit dem er Erfahrung hatte, warf er einen Blick zurück zu Morgan, um Bestätigung zu erhalten. Morgan nickte. „Ich halte das für sicher."

Pia wirkte grimmig und schrecklich. Sie war blutverschmiert, ihre Kleider zerrissen und voller Grasflecken, ihre Haare waren wirr, und hinten fehlte ein großes Stück. Sie war, jetzt und ewig, das Schönste, was Dragos je gesehen hatte.

„Gib mir die Fesseln, Eva", sagte Pia.

Die Frau wirkte wütend, aber sie reichte ihr den Rucksack. Pia befestigte ihn sicher auf ihren Schultern und schloss den Hüftgurt.

Morgan marschierte zu Bayne und Pia. „Ihr braucht mich. Wie Dragos kann Senusret mich nicht in Besitz nehmen, wenn ich dagegen gewappnet bin. Nicht einmal, während ich dieses Zepter halte."

„Gut", stieß Dragos hervor. Obwohl er alles zu schätzen wusste, was Morgan bisher getan hatte, führte jede Entscheidung dazu, dass sie Morgan weiterhin vertrauen mussten, und es gefiel ihm nicht, so viel Vertrauen in eine zum Großteil unbekannte Entität setzen, besonders nicht bei etwas so Wichtigem.

Morgan sprang auf Baynes Rücken.

Dragos wartete nicht auf weitere Unterhaltungen. Befreit von seiner Behinderung schoss er nach oben und stürzte sich durch die Luft auf seinen Sohn. Jeder Flügelschlag brachte ihn näher.

Bisher hatte die Verhüllung funktioniert, doch irgendwann würde Senusret das Donnern von Dragos' Flügelschlag hören.

Oder?

Dragos verdoppelte seine Anstrengung, eine höhere Höhe zu erreichen, während er nach wie vor daran arbeitete, den anderen Drachen zu überholen, stieg immer höher auf, bis er auf den Sonnenschein hinabschauen konnte, der auf

Liams weißem Schuppenkleid glitzerte. Während er sich anstrengte, um in die Position zu kommen, die er wollte, ließ sich das Gewicht eines Körpers auf seinem Rücken nieder, auf dem Übergang vom Nacken zu den Schultern.

Das Bewusstsein, wer sich ihm angeschlossen hatte, ließ ihn bis auf die Knochen erschauern. *Ich will dich da nicht.*

Komm drüber weg, sagte Azrael. *Wir sind schon viele Male zusammen geflogen, und du weißt, dass wir es wieder tun werden. Außerdem brauchst du mich vielleicht.*

Mein Sohn ist für dich tabu, knurrte er. *Hörst du mich? Du kannst ihn nicht haben.*

So funktioniert das nicht, erwiderte der Tod.

Leben oder sterben. Töten oder getötet werden. Es war die einzige Regel im Reich der Tiere. Jede Herde, jedes Rudel, jeder einsame Räuber, und Arten, die Gift und Tarnfarben entwickelten, kannten den Kodex.

Als große Bestie kannte Dragos ihn besser als jeder sonst, und die meiste Zeit war er ihm nur allzu recht. Die meiste Zeit nervte Azrael ihn ganz und gar nicht, und manchmal lud Dragos ihn zur Schlacht mit ein.

Aber manchmal hasste er Azrael von ganzem Herzen. Azrael war der Einzige, dem man nicht davonlaufen oder davonfliegen konnte, der Einzige, den er nicht davon abhalten konnte, in einen Raum einzutreten. Falls Dragos ihn vom Rücken abwarf, würde Azrael einfach auf irgendeine andere Art an diesem Ort erscheinen.

Aber es würde Liam nicht befreien, wenn er auf altem Groll herumkaute. Er schob seine Abneigung beiseite und behielt den weißen Drachen unten im Auge, während er auf den richtigen Augenblick wartete. Er zählte das Verstreichen der Zeit in seinen Herzschlägen. Eins, zwei …

Der weiße Drache breitete die Flügel aus, um ein paar

Augenblicke zu gleiten, verschaffte diesen mächtigen Schultermuskeln eine Pause, ehe er die harte Arbeit des Fliegens wieder aufnahm.

… da.

Während er die eigenen Flügel anlegte, um die höchstmögliche Geschwindigkeit zu erreichen, und alle vier Füße mit gespreizten Klauen vorstreckte, ließ Dragos sich fallen. Er stürzte mit der Geschwindigkeit eines kleinen Flugzeugs aus dem Himmel. Etliche Tonnen Wucht krachten in Liams Rücken. Es gab keinen Raum für Fehler. Noch während er den anderen Drachen packte, erwischte er den Übergang, wo Liams Flügel mit seinem Körper verbunden waren, und brach die Knochen mit einem nachhallenden Krachen.

Du fliegst mit dem gestohlenen Körper meines Sohnes niemals wieder irgendwohin.

Der Drache brüllte. Das Geräusch hallte durch den Himmel. Dragos spannte die Flügel auf, versuchte, ihren Fall nach unten zu bremsen, doch der andere Drache wehrte sich so heftig, sie sich immer wieder drehten, der weiße und der bronzene Drache, während sie zur Erde stürzten.

Die Wucht des Aufpralls setzte sich nach außen fort wie eine Bombenexplosion, warf Bäume um und schlug einen tiefen Krater in den Boden. Die Luft wich aus Dragos' Körper, und eines seiner Hinterbeine brach. Er bemühte sich, sich mit Höchstgeschwindigkeit zu bewegen, wieder Luft in die schmerzende Brust zu bekommen, und drehte sich zu einer riesigen Rolle, um zurück auf die Beine zu kommen.

Er konnte das gebrochene Bein nicht belasten. Es fühlte sich an, als würde es brennen. Schmerz war Schmerz; es war kein Tod. Er ignorierte es, richtete seine Aufmerksamkeit wieder auf den anderen Drachen und machte sich bereit zum Kampf.

In einer verdrehten, unbehaglichen Lage krümmte der weiße Drache sich zusammen. *Liam*. Mit einem Sprung kam Dragos über den Körper des anderen Drachen. „Komm schon, Sohn!“, brüllte er. Er suchte in den blauen Augen des weißen Drachens nach irgendeinem Anzeichen für Liam.

Erkenntnis blitzte auf Liams Gesicht auf. Halb knurrte, halb keuchte er: „Mach, was immer du tun musst. Wirf ihn nur aus mir raus!“

Dann verschwand dieser kurze Blick auf Liam, und der weiße Drache begann atemlos zu lachen. „Wirklich, Dragos, was machst du denn nun?“, fragte Senusret. „Er ist die ultimative Geisel … und du kannst meinen Arm um seinen Hals nicht lösen. Ich töte ihn von innen – du weißt, dass ich das kann – wenn du willst, dass dein Sohn überlebt, musst du mich loslassen …“

Zorn und Schrecken flossen nahtlos ineinander wie der giftigste Wein der Welt.

„Ich habe dir bereits gesagt“, fauchte Dragos, „ich verhandle nicht mit Terroristen.“

Er ließ den Kopf nach unten gleiten, schloss die Kiefer um die Kehle des weißen Drachen und drückte zu. Liams heißes Blut füllte seinen Mund. Der weiße Drache kämpfte, zerfetzte Dragos’ Bauch mit langen, messerartigen Klauen. Sengend heißer Schmerz füllte Dragos’ Gedanken.

Er drückte fester zu. *Verlass ihn, du Bastard.*

Pia, Morgan und Bayne stürzten sich in sein Sichtfeld.

„Er wird ihm die Eingeweide rausreißen.“ Bayne tauchte ab, um sich zwischen die beiden kämpfenden Drachen zu winden. Irgendwie schaffte er es zum Großteil, diese reißenden Klauen davon abzuhalten, sich in Dragos’ Bauch zu bohren.

Halt ich bereit, sagte Dragos zu Pia.

Sei bereit, ihn zu heilen.

Sie trug immer noch den Rucksack mit den Annullierungszauber-Fesseln. Sie konnte ihn auf keinen Fall gehört haben, doch sie ging in der Nähe ihrer Köpfe in die Hocke.

„Ich bin da." Pia klang klar und ruhig. „Liam, wenn du mich hören kannst, Mom ist da. Alles kommt in Ordnung. Wir bringen dich in Sicherheit."

Falls ich meinen eigenen Sohn töte, verzeiht sie es mir nie, sagte er zu Azrael. *Sie will es vielleicht, aber sie wird es nie tun. Ich werde mir niemals selbst verzeihen.*

Azrael kniete an Liams Kopf. Er legte eine Hand auf den angespannten Kiefer. „Sie kämpfen im Inneren. Du kannst nicht nachlassen."

Die heiße Sonne hämmerte herab. Nach und nach wurden die Bewegungen des weißen Drachen schwächer.

Morgan hielt das Zepter vor die Augen des weißen Drachen. „Senusret, du hast eine andere Wahl. Du musst nicht mit Liam sterben."

„Raus aus ihm, du Monster!", brüllte Pia.

In ihrer Stimme lag ungezügelter Schmerz. Mit geschlossenen Augen, weil alles unerträglich war, drückte Dragos seine Kiefer fester zusammen.

„Dragos verhandelt vielleicht nicht mit Terroristen, aber ich schon", sagte Morgan, in seiner Stimme eine betörende, verführerische Macht. „Wenn du ihn verlässt, können wir dir einen Körper besorgen. Vielleicht geht ein Mensch im Koma, oder vielleicht ein Baby, das noch keine geformte Persönlichkeit hat. Du wirst nicht die ganze Zeit kämpfen müssen, nur um am Leben zu bleiben. Denk an die

Möglichkeiten, Senusret. Das Leben ist gleich da und wartet auf dich."

„Genau wie der Tod", sagte Azrael. „Das ist die einzige Wahl. Es wird niemals wieder eine geben."

Der weiße Drache hörte auf, sich zu bewegen.

Nein.

Etwas Feines und Unsichtbares floss aus Liams Körper.

Azrael richtete sich aus der Hocke auf. „Ich habe ihn jetzt."

Dragos warf den Kopf zurück und brüllte: „*WEN HAST DU?*"

Pia brach über Liam zusammen und schlitzte sich die Hand mit einem Taschenmesser auf. Sie hatte wohl tief geschnitten, denn ihr Blut floss frei heraus und fiel auf die klaffenden Verletzungen an Liams Hals. „Komm schon, Kleiner", schluchzte sie. „Bleib hier bei uns. Liam, ich flehe dich an. Verlass mich nicht."

„Sie sind beide weg", sagte Azrael. „Nein – warte kurz."

Dragos wollte die ganze Welt aufwühlen. „*WORAUF* warten?"

Der Tod lachte. „Ich habe noch niemals zuvor so viele Seraphim gesehen. Sie haben Liam, und sie bringen ihn zurück."

Während sie zusahen, begannen sich die Wunden an Liams Hals zu schließen. Übelkeit setzte ein. Dragos schaffte es, sich in seine menschliche Gestalt zu verwandeln und von dem weißen Drachen herabzurollen, ehe er sich heftig übergab. Er würgte, spuckte und würgte noch einmal, kämpfte darum, den Geschmack nach Liams Blut aus dem Mund zu bekommen.

Sein nutzloses Bein und die langen, aufgerissenen Verletzungen an seinem Bauch waren eine feurige Qual. In seiner Kehle brannte Galle, und er konnte nichts sehen wegen der Tränen, die ihm aus den Augen flossen und über das Gesicht liefen.

Töten oder getötet werden. Leben oder sterben. Das war die hässlichste Seite des Lebens, und er nahm sie dankend an.

Er nahm jeden schmerzhaften, stinkenden, kotzenden, blutigen Augenblick davon an.

Denn sein Sohn würde leben.

Kapitel 11

S OBALD PIA VERDAMMT nochmal völlig sicher war, dass, ja, tatsächlich, Liam gesund werden würde und ihr Baby von sich aus atmete, verließ sie seine Seite, um dorthin zu laufen, wo Dragos halb saß, halb gebeugt kauerte, einen Arm schützend um seine Mitte gelegt.

Er wirkte bleich, ausgemergelt, ein Bein war seltsam verdreht. Sie beäugte entsetzt das schaumige, rote Erbrochene in der Nähe. „Wie schlimm ist es?"

Während er einen Blick auf sie und dann auf das Erbrochene warf, schüttelte er den Kopf. „Es sieht schlimmer aus, als es ist. Ich habe unabsichtlich etwas von Liams Blut geschluckt. Mein rechtes Bein ist an ein paar Stellen gebrochen, und dann ist da noch das."

Als er den Arm hob, starrte sie auf die tiefen, klaffenden Wunden, die sich über seinen Waschbrettbauch zogen. Feuchte, offen liegende Muskeln glitzerten in der Sonne.

Sie konnte den Blick nicht davon abwenden. „Bayne? Ich brauche Hilfe!"

Ein Schatten fiel über sie, und Morgan ging neben ihr in die Hocke. „Bayne und die anderen Wächter inspizieren Liams Flügel, um sicherzustellen, dass die Knochen ordentlich verheilt sind. Gehe ich auch?"

Sie schaute ihn mit wildem Blick an. Morgan starrte sie an, seine Augen vor Verwunderung aufgerissen. Er hatte bereits bewiesen, dass er ein sehr kluger Mann war. Die Erkenntnis führte zu einem weiteren Gefühl, als würde ihr das Herz in die Hose rutschen.

Bei den Göttern, nicht noch einer. Je mehr Dinge passierten und je mehr sie andere heilte, umso mehr Leute erfuhren das Geheimnis ihrer Wyr-Gestalt. Bei diesem Tempo konnten sie auch gleich eine Anzeige in die *New York Times* setzen.

Obwohl er solche Schmerzen litt, war Dragos das wohl auch klar geworden. Er wandte seinen Mörderblick zu Morgan. Sie packte ihn an der Schulter, bohrte ihre Finger in die harten Muskeln. „Mach nichts Voreiliges. Er hat uns auf jedem Schritt des Weges geholfen."

„Ich verstehe jetzt, weshalb Ihre Wyr-Gestalt ein solches Rätsel ist." Nicht viele Leute konnten ihrem Tod ins Gesicht sehen und so ruhig bleiben wie Morgan. Er sagte ganz bedächtig, den braungrünen Blick auf Dragos gerichtet: „Ich schwöre beim Leben meines eigenen jungen Königs, der nun seit so vielen Jahren verstorben ist und den ich geliebt habe wie einen Sohn, dass ich niemals ihr Geheimnis verraten werde."

Die Wahrheit in diesen Worten erklang wie ein Kriegshorn. Pia hörte sie glasklar, und wenn sie das konnte, dann bestimmt auch Dragos. Aber es war immer noch ein langer, angespannter Augenblick, ehe er ein knappes, grimmiges zustimmendes Nicken von sich gab.

Sofort schlang sie ihm einen Arm um den Hals und half, ihn auf den Rücken zu legen, während Morgan seine Aufmerksamkeit dem verdrehten Bein zuwandte. „Es tut mir leid, aber das wird wehtun."

„Machen Sie es." Dragos' Mund war blutleer. Er starrte in den Himmel hinauf. „Pia, falls du mich heilen willst, musst du schnell machen.“

Sie hatte ausreichend Kampfverletzungen gesehen, um zu wissen, dass seine, auch wenn sie schwierig und schmerzhaft waren, nicht lebensbedrohlich waren. „Was meinst du damit, *falls* ich dich heilen will …“ Ihre Stimme erstarb, während ihr die Richtung auffiel, in die sich sein Blick richtete, und sie drehte sich, um aufzuschauen.

In der Ferne flog eine rasch anwachsende Wolke aus geflügelten Wyr auf sie zu. Oh, Scheiße. Die guten, treuen Wyr, die ihnen in die Schlacht gefolgt waren, würden gleich eintreffen. Es waren bestimmt hundert oder mehr.

Morgan schaute auch kurz hin, dann wandte er sich zurück zu Dragos' Bein. Er stützte eine Hand auf Dragos' Hüfte und fragte: „Bereit?“

„Ja“, stieß Dragos hervor.

Unter heftiger Anspannung der Schultern zog Morgan das Bein gerade und richtete die gebrochenen Knochen. Dragos knurrte und schloss die Augen. Der Schmerz war bestimmt grauenhaft. Weil sie die Aufgabe unbedingt abschließen wollte, fragte Pia: „Ist es jetzt gut?“

„Er ist bereit.“

Sie legte ihre blutende Handfläche über die Verletzungen auf Dragos' Bauch, und sie und Morgan sahen schweigend zu, wie die Verletzungen sich schlossen und wieder nahtlos heil wurden.

Dragos packte ihr Handgelenk. Zu Morgan sagte er: „Ich brauche Ihr Hemd.“

Morgan verschwendete keine Zeit damit, weiter nachzufragen. Stattdessen zog das Hemd aus und reichte es hinüber. Mit raschen, langen Fingern wischte Dragos Pias Hand ab und verband sie, dann versuchte er, seinen eigenen Heilzauber auf sie zu wirken.

Gottverdammt. Er funktionierte nicht.

„Nimm den Rucksack ab!"

Während ihr die Erkenntnis kam, nahm sie den Rucksack ab und ließ ihn zu Boden fallen. Dragos versuchte es noch einmal mit dem Heilzauber, und ihre Verletzung schloss sich.

Sobald er sicher war, dass sie nicht mehr blutete, säuberte er ihre Handfläche, dann seinen Bauch und fragte sie: „Was es mit Liams Kehle?"

Sie schaute zu dem weißen Drachen, über dessen gigantischer Gestalt die Wächter schwärmten. „Ich sehe kein Blut. Ich glaube, jemand hat ihn abgewaschen."

„Ich habe mich darum gekümmert. Er ist sauber", sagte Rune, der von seiner Musterung eines riesigen Flügels aufsah, den Aryal, Quentin, Bayne und Graydon sorgsam vor und zurückbewegten, ihn aufspannten und wieder zusammenfalten. Geflügelte Wyr überlebten normalerweise unwiederbringlichen Schaden an ihren Flügeln nicht. Liams gebrochene Flügel waren geheilt worden, als Pia seine Kehle geheilt hatte, aber sie hatten die Knochen nicht gerichtet und wollten kein Risiko eingehen.

Dragos übte Druck auf Pias Handgelenk aus. Sie befolgte seinen wortlosen Vorschlag und rückte ab. Er hielt seine Faust mit dem blutigen Hemd von ihr weg, und seine Macht blitzte auf. Das Hemd fing an zu brennen. Er, Pia und Morgan sahen zu, wie die Flammen Dragos' Faust einhüllten. Das Feuer erstarb nicht, bis das Hemd zu Asche zerfallen war.

Pia sagte zu Dragos: „Du musst jetzt gute Miene machen, Baby."

„Mir geht's gut." Er stützte sich auf einen Ellbogen und gab ihr einen raschen, harten Kuss. „Schau nach Liam."

Sie sprang auf und rannte hinüber zu dem weißen Drachen. Ein Teil von ihr spürte die Seraphim, einen auf jeder Seite, die mit ihr kamen. In diesen wenigen kurzen Sekunden bescherten ihr ihre rasenden Gedanken alle möglichen schreckenserfüllten Szenarien.

Kathryn Shaw, die talentierte Chirurgin, die Aryals Flügel gerettet hatte, hatte sich mit Oberon gepaart, dem König der Dunklen Fae, und wohnte nun zwei Anderländer entfernt.

Als Kathryn an Aryal gearbeitet hatte, hatten sie eine schlecht geheilte Verletzung neu brechen müssen, und Pia hatte der Harpyie danach bei der Heilung geholfen. Selbst wenn sie Kathryn hier so schnell wie möglich herschaffen konnten, wie um Himmels willen könnte sie eine Operation an einem so riesigen Patienten durchführen? Pias Vorstellungskraft kam ins Wanken. Sie würden einen Kran oder so was brauchen, um diese riesigen Flügel zu heben und an Ort und Stelle zu halten.

Sie kam schlitternd neben Rune zum Stehen, der beide Hände auf den Ansatz gelegt hatte, wo einer von Liams Flügeln in die Schulter überging. „Wie schlimm ist es?"

Er schüttelte langsam den Kopf. „Seine Flügel sind ziemlich perfekt." Er schaute auf und begegnete ihrem Blick. „Er hat auf einem gelegen, während er gebrochen war, völlig unordentlich, und dann wurde er geheilt. Ich glaube nicht, dass das wissenschaftlich möglich ist."

Sie stand reglos, starrte Liam an, während ihre abgehackte Atmung langsam zur Ruhe kam.

Ein Hüpfer. Tada. Fingerwackeln.

Die Seraphim hatten Liams Seele eingefangen und ihr nicht nur ein Wunder geschenkt, sondern zwei.

Sie flüsterte: „*Danke für das Leben meines Sohnes.*"

Etwas Schwaches und Sanftes strich an ihrem Arm entlang.

EIN PAAR AUGENBLICKE später trafen die geflügelten Wyr ein, und sie waren vorbereitet auf die Möglichkeit einer längeren Schlacht. Das bedeutete, dass sie alle möglichen Waffen trugen, und die größeren hatten auch Verpflegung dabei.

Sie reichten Wasserbehälter und Trockenfleisch herum, was Dragos, Eva, Morgan und die Wächter hungrig verzehrten. Pia nahm es ihnen nicht übel, doch die geflügelten Wyr waren Fleischfresser, und es gab nichts Passendes für sie zu essen, darum hatte sie sich damit zufrieden gegeben, ihren Teil des Wassers zu trinken. So erfrischend es auch war, sie hatte nur ein paar Bissen zu essen bekommen, bevor Senusret sie gepackt hatte, und vor Hunger fühlte sich allmählich ausgehöhlt und schwindlig.

Sie ließ sich in die Hocke nieder, lehnte sich an die Wange des bewusstlosen weißen Drachen und schlummerte in der heißen Sonne, während die anderen herumeilten, miteinander redeten, einander auf den Rücken schlugen und beglückwünschten. Dragos war irgendwo verschwunden, tat, was immer Dragos nach den Kämpfen tat.

Dunkelheit fiel über sie. Sie schob sich hoch und öffnete die Augen. Dragos kniete vor ihr und hielt seine Hände vor. Er hatte sich das Hemd von jemand anderem geborgt – der Geruch verriet ihr, dass es Graydon war –, und es war mit wilden Beeren und essbaren Blättern gefüllt. Löwenzahn, Vogelmiere und Fenchel.

„Ich wusste, dass du ihm nicht von der Seite weichen würdest. Das war das Beste, was ich in so kurzer Zeit zusammensuchen konnte."

Für sie sah es aus wie ein Buffet. „Oh, Danke-schön." Sie fiel über das Essen her und verzehrte jedes Stück Grünzeug, jede Beere.

Es war nicht genug, genau wie das Dörrfleisch für die anderen nicht genug war, aber es würde für den Augenblick gehen. Sie spürte, wie ihre Energie zurückkehrte. Er legte ihr eine Hand auf die Schulter. „Wir essen ordentlich, wenn wir nach Hause kommen."

Sie nickte. Und gerade in diesem Augenblick schimmerte der weiße Drache und verschwamm zu Liams menschlicher Gestalt. Sie schob sich auf die Knie, beugte sich über ihn und strich ihm die blonden Haare aus dem markanten Gesicht. „Öffne die Augen, Liebling. Jetzt ist alles gut."

Liam hob eine Hand und griff nach ihrer, während er die Augen öffnete und in den Himmel sah. Wie sein Vater musste auch er nicht blinzeln, wenn er in die Sonne schaute.

Als er gar nichts sagte, fragte sie: „Woran erinnerst du dich denn von allem, was passiert ist?"

Sein Blick verlagerte sich auf ihren. „Ich erinnere mich daran, ihn zu bekämpfen, und dass Dad mich festgenagelt hat. Und ich erinnere mich, dass meine Flügel wehgetan haben."

Seine Miene war so leer. Sie hatte noch niemals gesehen, wie er so zerbrechlich aussah. „Deinen Flügeln geht es gut", erklärte sie ihm fest. „Du bist in jeder Hinsicht perfekt. Du wirst wieder fliegen, sobald du dich danach fühlst." Sie war nicht sicher, wie Seraphim-Wunder wirkten, und ihre Drachenkörper waren so schwer, darum fügte sie an: „Wir werden dich von einem richtigen Wyr-Arzt untersuchen lassen, denn du musst vielleicht einen Monat oder so warten, wie es bei Aryal war. Aber mit ihnen ist nichts passiert, das die Zeit nicht heilen wird."

Sein Blick hing an ihren Lippen und formte ein lautloses Wort. Versprochen?

Sie stützte eine Hand auf den Boden, beugte sich hinab, um ihm die Lippen auf die Stirn zu drücken. „Du, Dragos und Niall seid mein Herz. Würde ich euch jemals anlügen?"

Ein bebendes Seufzen entwich ihm, und er entspannte sich. „Niemals."

Als sie sich aufrichtete, erhaschte sie einen Blick auf Dragos, der sie beobachtete. Die bitteren Selbstvorwürfe in seiner Miene erschütterten sie. Er ging. Die offene, zugeneigte Liebe, die zwischen Vater und Sohn gebrannt hatte, fehlte.

Mit gerunzelter Stirn verfiel sie auf besorgte Gedanken.

Leute begannen sich zurück zur Siedlung aufzumachen. Sie brachen in Zweier- und Dreiergruppen auf, dann in größeren Ansammlungen, bis schließlich niemand mehr da war bis auf Morgan, Eva, die Wächter und Pia, Dragos und Liam.

So müde Pia auch war, sie musste eine Schuld begleichen und ein Versprechen erfüllen. Mit einem erleichterten Seufzen ging sie dorthin, wo Graydon stand, und gab endlich die Kontrolle über den Rucksack auf, in dem die Fesseln mit dem Annullierungszauber waren. „Lass die bloß nicht wieder Aryal haben."

„Ach, bestimmt nicht. Das kann ich verdammt noch mal garantieren", versprach er mit großer Aufrichtigkeit. Beim letzten Mal, als Aryal sie in ihrer Gewalt gehabt hatte, hatte sie gelogen und gesagt, sie hätte sie in einen Vulkan geworfen. Obwohl sich das zu ihrem Vorteil herausgestellt hatte, würde sie niemand mehr ihr anvertrauen.

Pia schaute sich um. Dragos redete mit Grym und

Quentin, und Rune und Bayne kauerten neben Liam, der sich hingesetzt hatte und die Schultern lockerte. Sie war sich schmerzlich bewusst, dass Liam und Dragos noch nicht unmittelbar miteinander gesprochen hatten, seit Liam das Bewusstsein wiedererlangt hatte.

Sie konnte nur eines nach dem anderen reparieren. Und im Augenblick war nichts wichtiger, als das Gleichgewicht wieder herzustellen.

Sie zog Morgan zur Seite. „Ich brauche jetzt das Zepter, bitte."

Er hob die Augenbrauen, öffnete jedoch gehorsam seine Tasche. „Ich habe gehofft, ich könne es studieren. Es ist mit einer außerordentlich einzigartigen Macht angereichert. Was haben Sie damit vor?"

Ehrfürchtig nahm sie es entgegen und hielt es in der Armbeuge, als wäre es ein Baby. „Ich muss es dorthin bringen, wohin es gehört. Falls Dragos fragt, wohin ich gegangen bin, sagen Sie ihm, ich brauche einen Augenblick für mich im Wald und werde gleich zurück sein."

Die zusammengekniffenen Augen des Hexers blickten versonnen. „Sind Sie sicher, dass Sie keine Begleitung brauchen, für … wo immer Sie auch hingehen?"

Er war so klug, dieser Kerl. Sie lächelte ihn schief an. „Ich werde in Sicherheit sein. Und ich brauche auch keine lange, ausgedehnte Diskussion mit Dragos darüber."

Morgans Augenwinkel legten sich in Falten. „Ich werde ihm sagen, dass Sie einen Augenblick für sich brauchen. Falls er fragt."

„Vielen Dank."

Während sie wegging, reihte sich Eva neben ihr ein. „Wohin gehen wir?"

Innerlich verdrehte sie die Augen. Sie konnte nicht mal

so tun, als würde sie allein pinkeln gehen, wenn ihre Kriegerinnen-Wyr aufgebracht war. „Bleib einfach still und folge mir."

Sie gingen, bis die Stimmen auf der Lichtung verklagen. Dann hielt Pia inne, legte das Zepter auf den Boden und verwandelte sich in ihre Wyr-Gestalt.

Wartende Seraphim umgaben sie, schimmerten wie Sterne im Wald. An dem rätselhaften Ausdruck auf Evas Gesicht erkannte Pia, dass die Frau sie nicht sehen konnte.

Keiner von ihnen trat vor. Dass sie sich in ihre Wyr-Gestalt verwandelt hatte, hatte sie einen Teil des Weges gebracht, aber nicht weit genug. Zu Eva sagte sie: *Ruf nicht um Hilfe. Warte einfach hier.*

Sie beugte den Hals, nahm das Zepter mit dem Mund auf und trat vor. Die Waldszenerie um sie herum schimmerte und verblasste.

Rhyacia verschwand, und sie stand abermals im Reich der Seraphim. Sah abermals den Baum und die-den Tanzenden.

Ein Seraph näherte sich. Sanft legte sie das Zepter in seine wartenden Arme. Dann drehte sie sich um und beugte ein Knie, um Taliesin zu huldigen. Als der-die Tanzende herumwirbelte, hätte sie schwören können, ein Lächeln zu sehen.

Ihr Versprechen war erfüllt, ihre Schuld für das Leben ihres Sohnes zurückgezahlt.

Sie drehte sich um und machte sich auf den Weg zurück nach Hause.

Kapitel 12

EVA UND DIE Lichtung um sie herum erschienen wieder. Die Frau hatte die Augen weit aufgerissen. „Du bist verschwunden. Was verflixt noch eins ist da gerade passiert?"

Das Reich der Seraphim war für Pia immer noch zu persönlich, um darüber zu sprechen. Vielleicht eines Tages, aber noch nicht jetzt. Sie verwandelte sich zurück in ihre Menschengestalt und legte einen Arm um die Schultern ihrer besten Freundin. „Mach dir darum vorerst keine Sorgen. Es ist eine Geschichte, über die ich noch nicht bereit bin, zu sprechen. Eva, ich bin nicht nur durch. Ich bin so richtig von vorne bis hinten durch."

Eva schlang ihr einen Arm um die Taille. „Okay, aber du musst es mir eines Tages erzählen."

Vielleicht würde sie das, aber vielleicht auch nicht. Manchmal geschahen Dinge, die bei einem selbst bleiben mussten. Während sie zurück zu den anderen marschierten, fragte sie: „Hast du immer noch dieses Mini-Zelt, das du zum Campen benutzt hast?"

„Natürlich."

„Kann ich es mir eine Weile ausborgen, zusammen mit deinem Schlafzeug?"

Eva drückte sie. „Was immer du willst, meine Kleine. Frag nur, und es gehört dir."

Als sie die anderen erreichten, verwandelten sich die geflügelten Wyr in ihre Wyr-Gestalten und nahmen Passagiere mit. Pia berührte Dragos an der Schulter. „Bist du bereit zum Fliegen?"

Seine trostlose Miene hellte sich ein wenig auf, und er nickte. Das war genug.

Liam flog auf Rune, und Eva ließ sich hinter Pia an der üblichen Stelle nieder, Quentin und Bayne taten sich zusammen, und diesmal flog Morgan bei Graydon mit. Sie flogen in einer lockeren Formation zurück zur Siedlung. Niemand drängte. Es gab keinen Notfall mehr. Dragos flog schweigend, und Pia ließ ihn.

Sie landeten alle nacheinander auf der Lichtung am Höllenhaus und verwandelten sich in ihre Menschengestalten. Partner kamen wieder zusammen, umarmten aneinander fest, und Leute kamen zu Pia, um auch sie zu umarmen. Sie klopfte Bel auf den Rücken, lächelte Carling rasch an und sagte zu Eva: „Wärst du so nett und würdest das kleine Zelt und Schlafzeug irgendwo im Schatten unten am Strand aufstellen?"

„Natürlich, mache ich gleich." Eva sah allmählich besorgt aus, doch sie lief los, um es zu erledigen.

„Wir haben frisches Essen, das drinnen wartet", erklärte ihr Bel.

Das hatten sie bestimmt. Pia nickte, und die Elfenfrau schien darin eine Bestätigung zu sehen und wandte ihre Aufmerksamkeit ihrem Partner Graydon zu.

Ein paar Minuten später entwischte Pia und ging hinab auf den Weg zum Strand, wo Eva gerade das Zelt fertig errichtet hatte. Das Bettzeug passte perfekt in das winzige Zelt. Pia berührte Eva zum Dank an der Hand, kroch in das Zelt und zog die Klappe herab. Dann konnte sie ihren

Körper endlich, endlich ausstrecken. Endlich diesen endlos langen, schrecklichen Tag loslassen, und die Erleichterung war unbeschreiblich. Während sie den Wellen lauschte, begann sie wegzudösen.

Sie spürte sein Näherkommen eher, als dass sie es hörte. Wenn Dragos wollte, konnte er sich so leise bewegen wie eine Katze. Die Zeltklappe hob sich, und er schaute herein. „Was machst du?"

„Ich wohne jetzt hier", erklärte sie ihm. Ihre Glieder fühlten sich schwer wie Blei an.

Er runzelte heftig die Stirn in ihre Richtung. Liam schaute ihm über die Schulter, wirkte verwirrt und besorgt. Dragos sagte: „Da passen nicht mal meine Schultern rein."

„Ich weiß." Ein riesiges Gähnen brachte ihren Kiefer zum Knacken.

Dragos befahl: „Du musst essen und trinken. Und du bist schmutzig – ich weiß, dass du erschöpft bist, aber du wirst dich besser fühlen, wenn du sauber bist. Beweg deinen Hintern da raus."

Sie dachte darüber nach, so etwa, hm, eine halbe Sekunde lang. „Nein."

„*Pia*", sagte er durch zusammengebissene Zähne.

„Sag nicht ‚Pia' zu mir in diesem Tonfall, Mister. Ich setze niemals wieder einen Fuß in dieses Haus. Ich werde dort nichts essen oder trinken, ich werde nicht duschen, ich werde dort nicht ruhen. Ich werde kein einziges Stück Kleidung daraus tragen, ich werde die Zahnpasta nicht benutzen. Ich lehne diese Erfahrung zur Gänze ab, und mir ist es egal, wenn das für niemanden sonst einen Sinn ergibt. Es geht nur darum, dass es für mich einen Sinn ergibt. Und ich bin so gottverdammt müde, dass ich hier leben und sterben könnte."

Bei diesen letzten Worten spannte sich seine Miene an. Er legte ihr eine Hand auf den Kopf und strich ihr über die Haare. Zumindest die Haare, die sie noch hatte.

Sie fuhr fort: „Und da wir kein Haus mehr haben, in dem ich es aushalte, ist das jetzt mein Haus. Wenn es dir nicht gefällt, dann geh und mach was dagegen. Du bist reicher als Krösus." Während sie hinter ihn schaute, fügte sie an Liam gerichtet hinzu: „Und du kannst mit dem kleinen Finger eine Million Tonnen heben."

Zögerlich ging einer von Liams Mundwinkeln ein winziges bisschen hoch. „Vielleicht nicht gerade eine Million Tonnen."

„Du weißt, was ich meine." Sie liebte die beiden so sehr. Aber jeder hatte Probleme, und was immer zwischen ihnen vorging, sie würden es selbst ausarbeiten müssen, denn sie konnte nichts mehr reparieren. Hoffentlich würden sie den Anstoß erkennen und zusammen an dem Projekt arbeiten, und dabei an dem vorbeikommen, was passiert war. Falls nicht … Sie schloss wieder die Augen. Ihre Stimme bebte, als sie ihnen erklärte: „Ich muss schlafen, und ich brauche mein Baby. Das ist vorerst alles. Ihr dürft gehen."

Das wurde von einer angespannten Stille begrüßt. Sie war nicht überrascht. Sie hatte sich noch niemals so benommen. Dann sagte Dragos zu jemanden: „Hol ihr was zu essen und trinken. Viele Kalorien, Flüssigkeit und Fett."

Jemand lief los, vermutlich Eva. Pia lag reglos da, es war ihr egal.

Er beugte sich in das winzige Zelt, soweit er konnte, und drückte ihr die Lippen auf den Mund. „Du bekommst dein Baby, und wir werden bis zum Einbruch der Nacht eine neue Bleibe für dich haben. Das verspreche ich."

Sie glaubte ihm. Sie schlief ein.

Das nächste, was sie wusste, war, dass Eva auftauchte, die sie wachrüttelte. Eva hielt ihr einen Strohhalm an die Lippen. „Mach mich nicht zur Schnecke. Mir ist egal, wie müde du bist. Wach auf und trink das."

Sie saugte an dem Strohhalm. Es war ein erfrischend kalter Smoothie, voller Kokosmilch, Früchte und Grünzeug. Sie bekam die Hälfte davon hinunter, ehe sie wieder einschlief, den Strohhalm noch im Mund.

Jemand rüttelte sie erneut wach. Sie öffnete die Augen nicht. „Was muss ein Mädchen denn tun, um hier in der Gegend mal schlafen zu dürfen?"

Niniane sagte: „Wir haben euer Höllenbaby."

Das brachte sie dazu, die Augen zu öffnen. Gierig streckte sie die Arme aus. Niall brüllte sie an. Sie zog ihn dicht zu sich. „Ach mein Lieber, es tut mir so leid."

Unter Tränen erklärte ihr Niniane: „Wir haben ihn niemals schreien lassen. Irgendwer war immer da, um ihn mit Liebe zu überschütten, und wenn sie es nicht mehr ertrugen, haben sie ihn jemand anderem weitergereicht, und das Höllenbaby. Hat. Niemals. Aufgehört. Er hat jeden Tropfen Milch getrunken, den du geschickt hast, darum glaube ich nicht, dass er traumatisiert ist, wirklich nicht. Ich glaube nur, er war ziemlich wütend."

„Bist du mein liebes Höllenbaby?", gurrte Pia ihn an. Niall schrie noch lauter. Während sie ihren BH öffnete, erklärte sie Niniane: „Danke für alles."

„Gern geschehen, für dich und ihn. Aber ich muss schon sagen, ich habe jetzt wirklich Angst davor, mein eigenes Baby zu bekommen."

Während sie ihre Brust entblößte, nahm Niall einen Nippel in den Mund, saugte ein paarmal, dann schob er sich zurück, um wortlos zu brüllen, ehe er weitermachte. Sowohl sie als auch Niniane begannen zu lachen.

Der Fae erklärte Pia: „Nichts könnte wohl so schlimm sein wie das Höllenbaby, also bin ich sicher, bei dir wird alles klar sein."

Niniane ging wieder, und nachdem Niall fertig gestillt war, schliefen er und Pia ein. Irgendwann schob sich ein sehr warmer Hund ins Zelt. Skeeter legte abwechselnd sein Kinn auf Pias Knöchel und hechelte, und mit der zusätzlichen Wärme des Babys und des Hundes wurde es rasch schwül und ungemütlich für sie, aber sie brachte es nicht über sich, den Hund wegzuschicken, und niemand würde ihr je wieder ihr Baby wegnehmen, darum rollte sie sich zusammen und kam zurecht.

Als sie die Augen das nächste Mal öffnete, hörte sie das Geräusch einer reißenden Zeltplane. Dragos hob den oberen Teil des Zelts weg. „Du hast gerade Evas Mini-Zelt kaputtgemacht."

„Ich besorge ihr ein neues." Er hob sie hoch, mit dem Baby und allem, und trug sie den Strand hinab. „Wir haben dein neues Haus fertig. Es ist sehr provisorisch."

„Mir egal. Ich bin mir sicher, es wird wunderbar." Vorhin hätte sie ihm beinahe erzählt, dass sie auch mit einer Höhle zufrieden sein würde, aber sie wollte das Niveau nicht so weit senken. Verschwommen schaute sie sich um. Die Hitze des Tages hatte nachgelassen, und der Himmel war von den leuchtenden Farben des Sonnenuntergangs erfüllt. In der Ferne hörte sie Trommeln schlagen. „Was ist das für ein Lärm?"

„Einige Leute haben beschlossen, dass sie eine echte Strandparty wollen. Keine seltsamen, gefährlichen Geister sind eingeladen."

„Schön für sie."

Er hatte sich geduscht und rasiert, und er trug Khaki-Shorts. Seine kurzen, schwarzen Haare waren noch nass, und er roch so gut, dass ihr klar wurde, wie übel es bei ihr war. „Ich stinke so sehr, dass du mich nicht anfassen solltest.“

„Ich will dich immer anfassen“, erklärte er. „Ganz gleich, wie mürrisch oder übel riechend du bist. Wenn du willst, rolle ich mit dir durch den Schlamm.“

„Na, wenn das mal nicht wahre Liebe ist.“ Sie schmiegte sich an seine Brust.

Seine Arme spannten sich an. „Wie geht's dem Baby?“

„Es ist auf jede erdenkliche Art perfekt, aber auch wirklich wütend. Wenn er wieder aufwacht, brüllt er vielleicht.“ Sie warf einen Blick auf Nialls winziges, erschöpftes Gesicht. „Hoffentlich hat er sich ausgetobt und wacht eine Weile nicht auf.“ Nach einem Augenblick fragte sie: „Wie geht's dir?“

Er hielt im Gehen inne, um sie zu küssen. „Besser. Ich habe Liam zu einem Wyr-Arzt gebracht, der bestätigt hat, dass seine Flügel bestens geheilt sind. Um sicherzugehen, will er trotzdem, dass Liam ein paar Wochen lang auf das Fliegen verzichtet. Dann haben er und ich an deinem neuen Heim gearbeitet. Es war – anfangs merkwürdig und schwierig. Ich …“ Er hörte auf zu sprechen, und die Pause wurde quälend. Dann sagte er weit hinten in der Kehle, zwang regelrecht hervor: „Ich habe ihn umgebracht. Ich habe meinen eigenen Sohn umgebracht.“

„Setz mich ab“, befahl sie.

Seine Arme spannten sich eifersüchtig an. „Nein.“

„Dann schau mich an.“ Einen Augenblick lang widersetzte er sich, dann begegnete er ihrem Blick. Die Qualen in seinen Augen sorgen dafür, dass sich ihr Herz vor

Mitgefühl zusammenzog. „Du hast ihn nicht getötet. Du hast ihn gerettet.“

„Ich verstehe, was du sagst“, erwiderte er behutsam. „Aber meine eindrückliche Erfahrung sagt etwas anderes. Ich habe ihn in die Kehle gebissen. Sein Blut war in meinem Mund. Er hat aufgehört zu atmen, und seine Seele hat uns verlassen. Und er ist nur durch die Freundlichkeit anderer wieder da.“

Das war so schwierig. Es war vielleicht eines der schwierigsten Dinge, die sie jemals durchgemacht hatten, und sie hatten zusammen eine Menge durchgemacht. Sie legte ihm eine Hand an die Wange. „Was hat er denn dazu gesagt?“

„Er sagte: ‚Danke.‘“ Dragos lächelte sie verbittert an.

Sie atmete tief durch und ließ ihren Blick über die wunderschöne Umgebung schweifen. Dann sagte sie: „Du weißt, manchmal werden die Dinge nicht auf magische Weise besser. Dinge passieren, und wir müssen die Erfahrung ertragen, und dann müssen wir sie auf dem Weg zurücklassen, auf dem wir sie gefunden haben, und weitergehen. Er liebt dich so sehr. Er sagt ‚Danke‘, weil er dankbar ist, und ich bin es auch, denn du hast ihn gerettet. Und es tut mir so leid, dass du den Preis bezahlen musstest, indem du diese Erfahrung durchlebst. Aber ich bin so froh und dankbar, dass du stark genug bist, diesen Schlag auszuhalten und weiterzumachen. Du wirst nicht mehr zulassen, dass dieses Monster unserer Familie schadet.“

Er schloss die Augen und neigte den Kopf zu ihr herab, während er zuhörte. „Nein, werde ich nicht. Das darf er uns nicht antun.“

An dieser Stelle wusste sie, dass sie eine Ecke umschifft hatten, und die Dinge würden bald besser werden. Vielleicht nicht sofort, aber Tag um Tag, Augenblick um Augenblick, das würden sie. Jede glückliche Erfahrung, die sie teilten, jeder Kuss, jeder Ausflug mit Familie und Freunden, jeder Sonnenuntergang und jeder Witz brachte sie weiter weg von Senusret und machte ihn irrelevant.

Dragos ging weiter. „Auf jeden Fall haben Liam und ich am Ende den Tag gemeinsam verbracht, während wir gearbeitet haben. Es war gut. Und die Nachricht hat sich verbreitet, dann fingen Leute an, mit Spenden aufzutauchen, und ich hoffe, dir gefällt, was wir uns ausgedacht haben."

Sie drückte ihm einen Kuss auf das Schlüsselbein. „Ich hab dir doch bereits gesagt. Ich weiß, dass ich es lieben werde." Sie hatte es allmählich satt, getragen zu werden, aber sie dachte, er hätte vielleicht Spaß dabei, darum ließ sie es sich gefallen. Er bog um eine Ecke, und dann kam vor ihnen ein gigantisches, herrliches Zelt in Sicht. Es war anders als alles, was sie jemals zuvor gesehen hatte, mit etlichen Spitzen oben. Warmes Licht drang aus der geräumigen Öffnung hervor.

„Oh …", hauchte sie, während sie es betrachtete.

„Es ist einem Beduinenzelt nachempfunden", erklärte er ihr. „Das Dach ist wasserfest, und du kannst die Seiten hochrollen. Bei Tag wird es kühl sein, bei Nacht warm, und von unten trocken. Wir haben Stoffe aufgespannt, um die Räume abzutrennen, und weitere Läufer liegen auf dem Boden. Leute haben uns Möbel gespendet, und du hast alle möglichen neuen Kleider. Sie haben nur zu gern geholfen. Sie wissen, was du für sie getan hast. Wenn Senusret ungehindert hätte weitermachen können, wären die Dinge hier sehr schlecht gelaufen." Er zog eine Augenbraue in ihre Richtung hoch. „Hast du das mit der Zahnpasta ernst gemeint?"

Zahnpasta? Wovon redete er? Sie zog die Augenbrauen zusammen, dann erinnerte sie sich und grinste ihn verlegen an. „Ich habe seither etwas geschlafen und fühle mich etwas vernünftiger."

„Nicht nötig. Wir haben auch neue Zahnbürsten und Zahnpasta. Ich war nur neugierig."

Endlich, als sie am Rand des Zeltes ankamen, stellte er sie auf die Beine, und sie reichte ihm das schlafende Baby und ging verwundert vor, starrte auf die elfischen Wandbehänge und die verzierten Möbel der Dunklen Fae. Es gab Sofas und einen niedrigen Tisch aus poliertem Holz, mit Kissen drum herum. Es war genauso geräumig, wie es das Herrenhaus gewesen war, mit Platz für Gäste.

„Wir haben nur einen Badebereich eingerichtet", erklärte er ihr, während er ihr folgte. „Und ich fürchte, er ist ein bisschen primitiv. Liam hat die Dusche fertiggestellt — das hat ihn ein paar Stunden gekostet. Darunter sind Schlitze, auf denen du stehen kannst, damit das Wasser ablaufen kann, und hölzerne Wände für Privatsphäre. Es gibt warmes Wasser."

„Wie das?"

„Das Dämonenlager hatte ein paar Campingbeutel mit Solarheizung, die sie entbehren konnten. Man füllt die Beutel auf, legt sie in die Sonne, und wenn das Wasser warm ist, kann man den Beutel an einen Haken hängen und die Düse zum Duschen benutzen. Wie ich sagte, primitiv, aber wirkungsvoll." Er schüttelte den Kopf. „Praktisch folgt das nicht den Regeln, denn die Beutel sind aus Plastik, aber da sie sie bereits mitgebracht haben, habe ich beschlossen, dass ich sie benutzen würde."

„Ich liebe es, ich liebe alles daran." Es war völlig anders als die Dinge, die das Herrenhaus eingerichtet hatten, neu und sogar luxuriös, und angefüllt von einem Gefühl ihrer neuen Gemeinschaft. Als sie sich an ihn zurückwandte, strahlte sie.

Er lächelte. „Die Wachen sind auch hier. Ich habe sie einen Ring aus Zelten in einiger Entfernung aufstellen lassen. Aber wir sollten ein wenig leiser sein, wenn wir Privatsphäre wollen. Wenn du selbst etwas kochen willst, musst du es über dem offenen Feuer braten, ansonsten werden wir Mahlzeiten liefern lassen. In den Eistruhen wartet Essen auf dich.“

„Ich will alles. Ehrlich …“ Sie biss sich auf die Lippen, während sie zugab: „Das Herrenhaus war wunderbar. Das war es wirklich, und so wohlüberlegt, aber ich hoffe, es macht dir nichts. Das hier gefällt mir besser.“

Sein Lächeln vertiefte sich. „Ich glaube, mir gefällt es auch besser. Es wird vorerst sehr gut gehen. Ich genieße das Geräusch der Wellen.“

„Ich auch. Okay, ich muss mich jetzt sauber machen.“ Sie zögerte, schaute zu dem Baby.

„Geh“, sagte Dragos zu ihr. „Ich habe ihn.“

Sie war immer noch sehr müde, darum duschte sie, wusch sich die Haare und putzte sich die Zähne mit der klaren Effizienz von jemandem, der so bald wie möglich ins Bett wollte. Sie hatte keine Schmerzen. Dafür waren die Seraphim zu großzügig gewesen. Aber sie freute sich auf eine gute Nacht voll Schlaf in Dragos' Armen.

Nach dem Duschen nutzte sie zwei Spiegel, um sich die Rückseite ihres Kopfes anzusehen. Für etwas, das so schmerzhaft gewesen war, fehlte gar nicht mal so viel Haar, nur ein Stück hinten weit unten. Sie war sich ziemlich sicher, dass es niemand würde sehen können, wenn ihre Haare trocken waren. Und ihre Haare wuchsen rasch.

Sie schlüpfte in ein übergroßes T-Shirt, das vorgesehen war, um Dragos zu passen, und in ihrem neuen Nachthemd schlängelte sie sich glücklich in den Schlafbereich. Leuchtend gemusterte Kissen und Decken bedeckten eine große Matratze.

Dragos lag ausgestreckt, Niall ruhte auf seiner Brust. Er döste mit geschlossenen Augen, doch als sie sich näherte, öffnete er die Augen, um sie anzuschauen. Er warf ihr einen trägen, sexy Blick zu. „Du siehst gut aus, Geliebte."

Ein Hüpfer. Tada. Fingerwackeln.

Auf seinem Gesicht breitete sich ein Lachen aus. „Bei den heiligen Göttern, ich liebe dich, Frau."

Sie fiel am Rande des Bettes auf die Knie und kroch zu ihm. „Ich bin womöglich auch irgendwie verrückt nach dir." Er hob einladend einen muskulösen Arm, und sie schmiegte sich nur zu gerne an ihn. „Ich will im Urlaub sein. Können wir nicht einfach in einem Zelt am Wasser wohnen und eine Weile im Urlaub sein?"

Er atmete langsam aus, die Augen zusammengekniffen, während er das Dach des Zeltes betrachtete. „Verhandeln wir. Definiere Urlaub. Übrigens, Liam wird ein paar Wochen bleiben, bis er auf eigene Faust zum Übergang zurückfliegen kann. Er genießt im Augenblick die Strandparty."

„Hurra für uns, und schön für ihn!" Sie verkniff sich ein Gähnen.

„Und die Wächter sind geblieben, um uns ein paar Stunden zu helfen, mehr, um sich ins gesellschaftliche Leben zu stürzen als irgendetwas sonst, aber inzwischen sind sie unterwegs nach New York. Sie sagten, sie wären lang genug weg gewesen, und dass ich dir sagen soll, dass es ihnen leidtut, dass sie nicht geblieben sind, um sich zu verabschieden."

„Völlig verständlich. Ich habe sie über Berichte und Ermittlungen sprechen hören. Ich bin sicher, wir sehen sie bald wieder." Sie gähnte noch einmal. Was würde Urlaub für Dragos bedeuten? Und wie viel konnte sie aus dieser Verhandlung herausholen? „Ich will mit dir schwimmen gehen, und uns unter den Sternen lieben. Ich will von einem guten Roman aufschauen und sehen, wie du dich entspannst." Sie legte ihm den Kopf auf die Schulter und warf einen Blick auf sein hartes Profil. „Aber ich will auch, dass du dich nicht gefangen fühlst, weil du nichts tust. Lass uns doch – einfach Spaß haben."

Was wollte sie denn hier überhaupt sagen? Sie schob die Unterlippe vor und kniff sie mit den Fingern. Eine Nation aufbauen, verschiedene Fraktionen der Gemeinschaft in Schach halten, sich mit Politik befassen, hin und wieder einen Kampf zwischen den Vertretern der Domäne auflösen, einen ständigen Palast hoch über dem Wasser bauen – das alles machte Dragos Spaß, und dieses ganze Land war sein Spielplatz.

„Vielleicht vermisse ich dich bloß", gab sie zu. „Vielleicht will ich eine kleine Weile lang deine ganze Aufmerksamkeit für mich haben. Ich schätze, ich bin nicht über das weg, was passiert ist."

„Pia, es ist doch erst ein bisschen mehr als eine Minute her. Natürlich bist du nicht darüber weg." Mit vorsichtigen Bewegungen legte er das schlafende Baby ab. Dann rollte er sich über sie, nagelte sie mit einem Gewicht fest und verschränkte die Finger in ihren, um ihr tief in die Augen zu schauen. „Ich vermisse dich immer. Ich höre niemals auf, an dich zu denken oder dich zu wollen. Es ist ganz gleich, was sonst passiert. Du bist immer in meinen Gedanken an erster Stelle. Ich habe niemals gewusst, was Einsamkeit ist, bis du in mein Leben getreten bist und mir beigebracht hast, wie es ist, jemanden zu lieben."

„Ja", flüsterte sie. „Ich ertrage es nicht, wenn du zu weit weggehst."

„Ich ertrage es auch nicht." Er küsste sie auf die Wangen, die Stirn, den Mund, die Kehle. „Ich habe dieses dumme kleine Mini-Zelt verabscheut."

Ein Schnauben entwich ihrer Nase.

Er lächelte sie schief an. „Aber ich weiß jetzt, warum du es getan hast. Danke, dass du Liam und mich zu Zeit zusammen verdammt hast."

„Na, ich wusste doch nicht, ob es funktioniert. Und mein Anfall war ehrlich." Sie schniefte und hob den Kopf, um ihn auf das Schlüsselbein zu küssen. „Aber gern geschehen."

Er strich mit langen, harten Fingern ihren Oberkörper hinab und ließ sie unter das Ende ihres T-Shirts gleiten. Er war ein Meister des Feuers, entfachte es auf ihrer Haut, wo immer er sie berührte, und sie keuchte und bog sich, als es zwischen ihren Beinen zusammenlief. „Eine Woche. Nur du, nur ich und das Baby. Und Liam, wann immer er mit uns zusammen sein will. Wie klingt das?"

„Es klingt himmlisch", flüsterte sie. Sie ließ die Finger über seine Haut tanzen. „Spätes Frühstück, Kaffee trinken im Schatten."

„Nickerchen", sagte er an ihrer Brust. „Ganz leise Nickerchen, damit niemand sonst hören kann …"

„Ja, bitte."

„Morgan und Sidonie bleiben vorerst. Er und Graydon werden die Ausgrabungen der restlichen Senklöcher beaufsichtigen, nur um sicherzugehen, dass es keine weiteren gefährlichen Artefakte gibt."

„Wie wunderbar von ihnen, aber sie müssen jetzt raus aus unserem Schlafzimmer", erklärte sie ihm.

Seine Brust bewegte sich, als er kicherte. „Ich habe nur gemeint, dass das nicht meiner Aufmerksamkeit bedarf."

„Oh, ich verstehe! Na ja, dann bin ich dafür." Sie ließ eine Hand zwischen sie gleiten und öffnete seine Khaki-Shorts. „Was willst du mir sonst noch sagen, mein Liebster? Ich will alles hören, was zu sagen hast. Jahrelang, jahrzehntelang, und ein Jahrhundert nach dem anderen."

„Alles, was ich zu sagen habe, wird sein, ich liebe dich, nur in anderen Worten und anderen Sprachen, unser restliches Leben lang."

Zwei „ich liebe dich"s an einem Abend. Das war ein ziemlicher Volltreffer bei Dragos, der die eigentlichen Worte nicht sonderlich oft aussprach. Fröhlich hieß sie es willkommen.

„Ich bin die reichste, glücklichste Frau der Welt", flüsterte sie.

Sanft schob er ihre Beine auseinander und zog seine Shorts aus. Sein wunderschöner Schwanz kam zum Vorschein, angeschwollen und groß. Sie nahm ihn mit beiden gierigen Händen, und er zischte. Dann glitt er in sie hinein, und sie blieben auf diese Weise beide eine Weile reglos. Er senkte den Kopf, atmete ihren Atem ein, atmete in ihren Mund aus.

Teilte den Atem, teilte das Leben. Und als sie sich zusammen bewegten, war es der älteste, ursprünglichste, beste Tanz der Welt.

Alles war in Bewegung. Nichts blieb, wie es war.

Sie huldigte diesem Tanz.

Und wie sie tanzten.

Epilog

DER DRACHE FLOG nach New York und landete oben auf dem Cuelebre Tower. Während er hinab ins Penthouse marschierte, goss er zwei Whiskeys ein. Er ließ einen auf dem Tisch stehen, nahm sich selbst einen und ging hinüber zu den deckenhohen Fenstern, die über die Stadt hinausblickten. Die Lichter von New York bei Nacht waren endlos faszinierend.

Das war jetzt seine Stadt. Seine, um sie sich zu holen, seine, um darüber zu herrschen. Sein Erbrecht, ihm von seinem Vater überlassen, der ihn getötet hatte. Und er würde mit so brutaler Effizienz herrschen, dass die ganze Welt aufhorchen würde.

Die Tür zum Penthouse öffnete und schloss sich. Er schaute sich nicht um. Es gab nur einen, der wusste, dass er hier war.

„Danke, dass du gekommen bist", sagte Liam.

„Gern geschehen", erwiderte Azrael. Liam beobachtete das Spiegelbild des Todes, während er das Glas Whiskey nahm und probierte. „Wie ist das Leben nach dem Tod?"

Liam trank seinen Whiskey aus und stellte das Glas ab. „Es ist etwas, das man am besten genießt."

„Und wie fühlst du dich mit dem, was geschehen ist?"

Er drehte sich um. Azrael beobachtete ihn, der Blick aus seinen grünen Augen undurchschaubar. „Ich fühle mich verdrießlich, um ehrlich zu sein. Ganz gleich, was ich getan habe, oder wie ich kämpfte, ich konnte Senusrets Würgegriff nicht abschütteln.“

„Nimm es nicht so schwer. Senusret hatte riesige Erfahrung darin, seine Verbrechen zu begehen. Nicht sonderlich viele hätten ihn abschütteln können.“

„Mein Vater hat es geschafft.“

„Dein Vater ist einer davon – außergewöhnlich, und sehr, sehr viel älter, als es Senusret war. Und selbst einige aus der ersten Generation der Alten Völker wären Senusrets Machenschaften vielleicht zum Opfer gefallen.“

„Ich werde niemals wieder auf diese Weise Beute sein“, sagte Liam. „Das bringt mich zu dem Grund, weshalb ich dich hergebeten habe.“

„Das habe ich mir schon gedacht.“

„Ich will, dass du mir alles beibringst, was du kannst. Jeden Zauber, jeden Trick, jede Möglichkeit, die es gibt, um jemanden zu töten. Niemand wird mir diese Stadt wegnehmen. Und ich dachte mir, dass es keinen besseren gibt, den ich fragen kann, als dich.“ Liams harter, blauer Blick war felsenfest. „Machst du das für mich, Onkel?“

Der Tod lächelte. Wie nett, gefragt zu werden, zur Entwicklung der nächsten Generation beizutragen.

„Klar“, sagte er. „Warum nicht?“

Suchen Sie nach folgenden Titeln von Thea Harrison

DIE ALTEN-VÖLKER-ROMANE

Im Bann des Drachen

Gebieter des Sturms

Der Kuss des Greifen

Das Feuer des Dämons

Das Versprechen des Blutes

Das Lied der Harpyie

Die Versuchung des Vampyrs

Der Kuss der Hellen Fae

Das Ende der Schatten

MONDSCHATTEN-TRILOGIE

Mondschatten

Bannknüpfer

Löwenherz

HEXENMACHT-TRILOGIE

Die Macht der Hexe

DIE CHRONIKEN VON RHYACIA

Der Unsichtbare

Der Widersacher

DIE ALTEN-VÖLKER-NOVELLEN

Das Herz des Wolfes (in: Berührung der Dunkelheit)

Die Stimme der Jägerin (in: Berührung der Dunkelheit)

Die Augen der Medusa (in: Berührung der Dunkelheit)

Die Verlockung der Assassine (in: Berührung der Dunkelheit)

Nachtschwingen

Dragos macht Urlaub (auch in: Familienalbum eines Drachen)

Pia rettet die Lage (auch in: Familienalbum eines Drachen)

Peanut kommt in die Schule (auch in: Familienalbum eines Drachen)

Dragos geht nach Washington

Pia übernimmt Hollywood

Liam erobert Manhattan

Die Erwählte

Planet Dragos

RISING DARKNESS

Schattenrätsel

Schicksalsstunde

ROMANCE UNTER DEM PSEUDONYM AMANDA CARPENTER

(nur auf Englisch erhältlich)

A Deeper Dimension

The Wall

A Damaged Trust

The Great Escape

Flashback

Rage

Waking Up

Rose-Coloured Love

Reckless

The Gift of Happiness

Caprice

Passage of the Night

Cry Wolf

A Solitary Heart

The Winter King

www.ingramcontent.com/pod-product-compliance
Lightning Source LLC
Chambersburg PA
CBHW071822190726
48292CB00005B/1570